［新］詩論・エッセイ文庫 ⑪

家族の肖像

水崎野里子

土曜美術社出版販売

〔新〕詩論・エッセイ文庫11

家族の肖像＊目次

Ⅰ　家族の肖像

吉祥寺物語

1　なつかしい吉祥寺　9
2　星の店　12
3　藤のロンド　16
4　『洋裁師の恋』に　30
5　芸術の街　35
6　井の頭公園　40
7　吉祥寺の子守り唄　45
8　神田川からのお手紙　50
9　水道道路・わが町　52
10　バスに乗る　55

Ⅱ　おばあちゃんから孫へ

はじめての夜に　59
孫の一歳祝い　62
孫に　68

あなたの瞳　72
ドヤを探して　74

Ⅲ　状況劇と劇評

つかこうへい『熱海殺人事件』をめぐって　81
佐藤信脚本、エドワード・ボンド原作戯曲『男たちの中で』　89
『楽屋』の東京・下北沢　97

Ⅳ　海外詩の中の家族

父の力・土地の力　107
シェイマス・ヒーニーの詩と抵抗　121
暴力の時代の中で――イーヴァン・ボーランドの詩と状況意識　133
イーヴァン・ボーランドにおける「娘」から「母」へ　146
マイケル・ロングリー『雪水（スノー・ウォーター）』と「北」――夫婦で生きる老いと自然　158
マイケル・ロングリー『雪水』に見るやさしい自然の表裏―共生と葛藤　240

あとがき　246

家族の肖像

Ⅰ　家族の肖像

吉祥寺物語

1　なつかしい吉祥寺

二〇一六年二月某日。

吉祥寺駅で降りた。千葉県の西船橋駅から東京メトロ東西線で快速に乗れば中野が終着駅である。降りて吉祥寺駅まで各駅停車に乗り換える。西船橋駅から三鷹駅までの各駅停車に乗ると吉祥寺駅まで直行だ。どちらに乗ったかはもう覚えてはいない。公園口と書かれた改札を出て前の小道を直行し、大通りに出て信号を渡るとバスの停車場が並んでいる。赤と白の縞のバス。幼いころ私が吉祥寺に住んでいたときにはよく見かけた。なつかしかった。

母が三鷹市の救急病院に入院してからこの一か月よく乗った。少女のころの思い出と老いた母の面影が交差する。バスは走り出した。昔、よく横切ったかつての電車の踏切は高架になっていて、もう昔の面影はまったくない。だがバスがカーブすると、幼いころ見慣れた井の頭公園の木立が左手に、動物園が右手に見えた。あら、子供のころ父母や友達とよく来た場所だ！　と窓から過ぎる井の頭公園の木立を見ながら思う。病院前で降りると、母の病室は奥に変えられていた。医者がいた。母がいた。齢九十二歳。若かった母の面影、吉祥寺で父の大家族と一緒に暮らしていたころの、私を生んだばかりの若かった母の面影が過（よぎ）る。

（幼児語）
おむつかえる　パイパイちゃんの*
おてて　つめたい！
おみずでごはんつくってたんね？
ぎゃー　ぎゃー　ぎゃー（のりこの泣き声）
おそらへあげた
にほんの
あしのあいだに
パイパイちゃんのかお

パイパイちゃんが　おっかける
あたし　にげる　にげるんだ
あたし　あんよ　おじょず　なんよ！
おむつ　やだ！　やだ！
ほら！　これ　あかとしろのどれす
あたしはしると　おそで　ひらひら
ズロースはかない！　おむついや！
あたし　はしる！　はしりっこ！
パイパイちゃんは　おっかける

あるとき。友人と一緒に井の頭公園へ行って暗くなるまで帰って来なかった私を、母は道に立ってじっと待っていた。そのときの母は不思議にも今の私の年齢よりはるかに若い。

バスは走る。日の光が公園の木立の中をチラチラときらめく。私の目の中で光が踊る。

＊　私が付けた母のニックネーム。母のおっぱいを言いやすくまとめたらしい。

（初出『現代生活語詩集　老・若・男・女』全国生活語詩の会編、二〇一八年、竹林館）

2　星の店

吉祥寺とは私が生まれて育った場所である。そして一年前、母の最期を看取りに戻った場所である。バスに乗って過ぎた井の頭公園の恩賜の林はキラキラと光が射して、今でも眼前に見える。

実際に幼年時代を私が過ごした場所は吉祥寺南町であり、通りはさつき通りといった。さつき通りは水道道路からほぼ直角に五日市街道まで繫（つな）がっていた。五日市街道を背にさつき通りを上って水道道路に出て左右を見渡し、道路を横切るとかつては商店街があり、小さな店がちまちまと仲良く並んでいた。一番端っこにあった店が、この章の最後に載せた詩のテーマとなった、星の店である。この御伽噺のような店は現実の店であり空想の産物ではない。この詩の中の「私」は、実は女優の岩下志麻さんである。彼女はデビューして篠田正浩監督と結婚する前、星の店という名の小さな街角の小間物屋の売り子であった。

この詩を書いたのは私であるが、実はもう二十五年も前の作である（平成五年作）。だが私の印象は今でも変わらない。星の店を過ぎると井の頭温泉（銭湯）があった。銭湯は、かつては道楽ではなく生活の一部であった。だが、今は、井の頭温泉は生活の場であったからこそ、私にとっては星の店とともに失われた夢である。

星の店はいつかしら井の頭マーケットの建物のために消えてしまった、あるいはマーケットの中に組み入れられてしまった。売り子はもはや岩下志麻さんではなく、いらっしゃいとの笑顔で金歯の見えるおばさんであった。私は刺繡糸や刺繡枠、毛糸などの手芸品をよく買いに出かけた。小学校の家庭科やクラブ活動の宿題はそこへ行けばクリアできた。店はかつては現実の生活であった。だが今はもう夢でしかない。

二十五年前の私の詩には「思い出を売る」というくだりが現れる。誰かの歌ったヒットシャンソンの一節を私は故意に入れたのかもしれない。それも今では楽しい時間の重なりである。夢は、陽気なシャンソンのワインの乾杯と化す。

星の店

私はしあわせを売る女
しあわせが欲しかったら
私の店にいらっしゃい
セルロイド製の髪かざり
小さな帽子
花模様のエプロン
ビーズの小さな首飾り
金色のおさいふ
赤い櫛
髪を束ねる桃色のゴム
ここへ来ればしあわせがある
こちらへ行けば井の頭公園
私は思い出を売る女
楽しい思い出をあなたにあげる
つらい人生に不平を言う人

私の処にいらっしゃい
あなたの小さな時の思い出を
私はあなたに話してあげる
ここは星の店
水道道路に面した小さな店
売子の私は
女優の卵

こんなお店があなたの記憶の中にもないですか？
小さな頃の記憶の中に

今でもこんな店はある
あなたの街の街角に
道路を渡るとほら
星の店がある

（初出「ＰＯ」一六九号　二〇一八年五月）

3　藤のロンド

　幼いころの思い出は、花の記憶に尽きる。私が中学一年まで過ごした吉祥寺の家の思い出は、長男であった父の兄弟姉妹と一緒に一つ屋根の下に住んだ大家族制のあり方、マンションでもアパートでもない大家族に即した一軒家に付随する、かなり広く裏庭や奥庭もあった庭、そしてそこに植えられた樹々や春夏秋冬の植物と咲く花の多様さであった。園芸と花栽培の趣味は祖父、すなわち私のおじいちゃんと、父、すなわちダーちゃん（私は父をこう呼んだ）の趣味を越えた生き甲斐であったようである。

　おじいちゃんの生まれは埼玉県であった。残された戸籍によると、祖父は寄居のどこかに農地を持つファミリーの出であったが、次男であったので（あるいは親に反対された恋愛結婚で）分家したとある。もともとは、祖父の実家は農業の代わりに花栽培を計画して、咲いた花を東京に売りに出して成功したファーマー（地主農家）であった。

　父は花栽培を祖父から引き継ぐが、私が聞いたところによると、園芸は祖父から学んだとのことであった。だが、父はどこかの農場の出版した花栽培の方法や種の情報を書いた小冊子を毎月愛読していた。今考えると父は勉強家であった。その祖父と父から学んだ教訓は、園芸と花栽培は手間のかかる大変な趣味であり、贅沢（ぜいたく）な仕事であるということである。まず花は簡単には咲かない。虫に食われる。広い庭が必要である。雑草は繁茂する。マンションのベランダ園芸も今はあるが……（庭園芸とは異なる趣味である）。

祖父と父の吉祥寺の家の園芸——私の知る限りでは昭和二十年代から三十七〜八年くらいまで——を顧みて今気づくことは、洋花が多かったことである。そして栽培の種類の多さである。それは、木と木花と岩と苔と池と金魚、鯉などが主である伝統的な日本庭園の風貌（ふうぼう）ではない。いわば、戦後時代を迎えて海外から手に入るようになった洋花を、積極的に次々と祖父と父が栽培実験したのではないか？ との私の推量である。それらを次々と咲かせて二人は喜んだ。記憶に残る花はバラ園と大輪の朝顔とダリアの花の群である。朝まだ涼しいころ、竹棒に高々とからまって花咲かせた、大きな色とりどりの朝顔の花は、朝露とともにその見事さが記憶に残る。それは夏を意味した。

祖父が好きだった花は春に咲く花で、桜草（西洋桜草（プリムラ）か？）と記憶した。色はとりどりで春に見事に咲いた。濃いピンクや黄色、白い花が記憶に残る。小さな太陽のような芝桜も咲いた。それに、たんぽぽ、ヒアシンス、チューリップ、バラ。立葵、朝顔、百合、桔梗、ゼンマイ、女郎花、グミ、紫陽花、沈丁花、柿、栗（花を付ける）、ドクダミ、鳳仙花、ほおずき、葡萄棚、クルミ、イチジク、月桂樹、蕗、デイジー、サクラ、乙女椿（薄紅色）、裏庭のナツギク……あとは省略。のちに芝生が現れるが、祖父と父の趣味は多様な花を栽培実験して花を咲かせることにあり、西のベルサイユ宮殿や東の竜安寺に見るような名庭の設計ではなかった。のちに、スイートピーは一度植えられた同じ土に翌年も植えられると、花を咲かせないむずかしい草であると私は父から聞いた。父は後年、「花と人間は手入れすれば育つ」と言っていた。父は娘も手入れすれば育つ花（？）であると思っていたのか？　とは今いぶかる問いである。一方、祖父から聞いた御伽噺では、花には花の精がいる。おそらくはそれはおじいちゃんの創作童話であった。おじいちゃんはディズニー顔負けに花の精の童話を創作するほど、花を愛していたのであろうと今悟る。花を愛する美しい心であった。

私が中学一年のときに、父と母と弟と私は大家族の一家から分離して吉祥寺の家を去る。父は長男であったので、当時はかなり思い切った核家族への道であった。日本は戦後の窮乏、闇市生活から這い出して、やがて経済復興とバブルを迎えようとしていた。おじいちゃんはすでに逝去。

戦後の新民法では特に長男が家族の面倒を見なければならないという嫡子の扶養義務の規定はない。ないはずであった。だが父には当時は未婚の妹が三人いた。中学生から大学生の弟も三人いた。彼等、彼女たちはやはり母を嫉妬して、おにいちゃんと言って自分の面倒を父に要求する小姑、あるいは兄である父から経済援助を絞り取りつつも自由平等を口にする生意気な戦後世代の弟であった。その叔父や叔母の槍玉に第一に挙げられるのは父の子供である、女の私であった（男である弟はどういうわけかあまり槍玉にはならなかった。やはり男の子？　であるという点、そして私の失敗を見て同じ轍を踏まない賢い子供だったからかもしれない）。「ナマイキだ」とか「口答えするな」とか「大人の週刊誌を読むな」（当時「女性自身」の永六輔の旅のエッセイをよく読んだが、ついでにタレントのスキャンダルも読んだ）とか、齢の近い叔父や叔母によく言われるようになった（吉祥寺の小学校では私はときどき級長をしていた）。母はつらかったようだ。

吉祥寺の庭の思い出は昭和三十七年を最後に途切れる。それは、吉祥寺の大きな家の庭に咲く各種の花に囲まれた、私の贅沢な幼年時代の終わりを意味した。イギリスロマン派の詩人の特色の一つは、少年時代の無垢な心と自然への郷愁である。その点では私は彼等の仲間入りである。かつてディラン・トマスの「ファーン・ヒル」はそのつもりで訳した。

吉祥寺の家を出るとき、おばあちゃんは出て来なかった。あとで聞くと泣いていたそうである。大きな庭の手入れと大家族の正否の問題は、父が家を出ることで一応の解決を見る。だがそれは離反でもあった。東京の住宅事情はやがてマンションの出現を見る。あれほどの庭は、今は普通人には夢だ。大家族は核家族制に移行し、今度は孤独な老人が社会問題となる。

今、私はとうにマンション暮らしで庭はない。その代わり気楽である（私には園芸は大の苦手である。祖父や父のようにはできない）。同居家族は三人。だが一名多いと言われる。今、逆に戦後のタケノコ時代、大家族と闇市の中、親類や知人の財産のかっぱらいや詐欺も堂々とやってのけて(?)、必死に寄り添い合いながら皆で生き抜いて来た時代がなつかしくもある。同居人はうるさかったが、逆に言えば孤独ではなかった。東京は独立主義と近代生活の名の下に、かつてのアジア的な大家族を捨てた。おかげで今、嫁は姑に気兼ねなく詩など書き連ねて暮らせる。

だが私の知るアメリカのおばあちゃんにはひ孫まで複数いる。核家族には裏腹の問題が付き纏(まと)う。その矛盾が、大きく今、吉祥寺の家の庭の四季折々の花の姿とともに私に迫る。

藤のロンド

1. 長男に

あなた　公園の
藤棚に
藤が咲いています

房となって
垂れています
小さいころ
あなたが遊んだ
砂場の横
そう　千葉の
マンションの脇の
公園に
薄紫の藤の花房が
所狭しと
咲いて垂れています
あなたは今いない
異国にいます
そこでも　咲いていますね
どこかに
藤の花は

2. 長男に

おかあさんは
毎日
あの　公園の
藤棚のそばで
おばあさんやおじいさんと
朝の体操をしています
第一体操
第二体操
もう　あなたを見ている
必要はありません
ゆっくり
体操をします
からっぽの
砂場

でも
ふさふさと垂れる
花房の
葡萄
のような
藤

3．長男に

あなたが通った
保育園の砂場の上にも
藤が咲きました
咲いて　散りました
今日　保育園の前を
通りました
子供の影はありません

今はお昼寝の時間
なんでしょう
みんな　ぐっすり
藤の夢

4. 母に

あなたの思い出
あなたと西船橋の駅まで
歩きましたね　いつか
覚えていますか？
途中に大きな木に絡んだ
藤の蔓があり
あなたは見上げていました
きれいだわ！　と
あなたが逝ってもう一年目

春　やはりあの藤は
蔓を絡めて咲きます
咲いていると思います
あなたは若かった
孫を負ぶって
畑の横を走りました
あなたに今　捧げます
あの見事な花房の
夢
野生の藤蔓

5．父に

吉祥寺で
あなたが持っていた
あの秘密の花園*

大きな藤の木が
大きな円形に咲いていました
春でした
私はいつまでも
藤の涙の房を
見つめていました
小雨の中
藤は雫を垂らして
夢の花のように
拡がっていました
あの秘密の花園は
まだ　あるのでしょうか?
ありますね　きっと
遠い　あの地に
円形の蔓木
まだ　春には
花開きます

小雨に煙る
薄紫の
藤の花房
その
幻影

＊　父は吉祥寺の当時の自宅から歩いて十五分くらいの場所にもう一つ園芸用の庭を持っていた。日本舞踊の師匠の花柳徳兵衛さんに頼まれて、広大な裏庭でいろいろな花を植えて咲かせていた。

6. 友に

あなたが踊った
藤娘
覚えています
あなたは
老いても

藤の精
びっくりしました
若く花開く
藤娘
芸の花

7．長男に

今日
公園の藤の花びらは
みんな
落ちてしまいました
おじいさんが
落ちた花びらを
集めて袋に入れていました
来年もまた

藤は咲きますね
おかあさんたちは
花の消えた藤棚の下で
世間話に
花咲きます
朽ちたベンチに
座って
藤の英語は
ウイステリア

帰って来たら？
ウイステリアの
咲くころ

（初出「ＰＯ」一七〇号　二〇一八年八月）

4　『洋裁師の恋』に

先日、岡島弘子さんの詩集『洋裁師の恋』を拝読し、感銘を受けた。ついでに、私の個人的な思い出を語る厚かましさをお許しいただきたい。岡島さんの『洋裁師の恋』の詩群は私個人の思い出にも繋がったからである。私が小さかったころ、日本の衣服文化は和裁から洋裁中心に移行した。一時各所に設立されたドレメ洋裁学校などで一般の女性の生活の中に侵入して行った洋裁は、新たな戦後文化を彩る女性の職業のエリート路線であった。私の場合にも、私の洋服は母か同居のS叔母（吉祥寺の家には叔母が三人いたので便宜上、ここではS叔母と仮称する。故人）かが手縫いかミシン縫いで作成した。布は駅の商店街まで母と一緒に歩いて買いに行った。吉祥寺ではもみじやという布地店が有名であった。実は、S叔母も洋裁師で、プロフェッショナルでもあった。同居の吉祥寺の自宅の一室で作業していた。小さなミシン部屋も隅にあった。糸と布の小切れだらけだったS叔母の作業板の意味した戦後のその一時期の生活、その一部であった洋服生活に付随する思い出は、私には貴重である。その時期は同時に、洋裁が女性の特技の代表として認められていた時代でもあった。S叔母は当時では珍しい大学卒であった。某私立女子大の家政科出身であったと記憶する。S叔母は父と私たちが吉祥寺から引っ越したあと、やがて自分も引っ越し、自立して母校のプロフェッサーになった。戦後期の女性の自立を地で行ったわけだが、独身で終わった。しばしば私たちと一緒に再び暮らしたがった。母は嫌がった。悲惨でもあった。

一番上のH叔母も独身の職業婦人（某大手の船会社の会長秘書であったと記憶する。毛筆の名手であった）として一生を過ごし、定年後はかなり多大な年金生活であったらしいが、あるときに「私たち、いい男は皆戦争に取られて殺されて、結婚したくてもできなかった」と愚痴っぽく言われてしまった。日本の戦後期の女性解放問題には、戦争により〈いい男は兵士に取られて皆殺された〉ゆえの、戦争未亡人の就業、自活問題と女性の独身問題と自立問題が常に付きまとう。だが一方では彼女たちは戦後期における女性の職業的な自立の先駆者であり、より若い女性世代に働く女性のあり方を提示してくれたことは確かなのだ（一方では家庭と女性の職業的自立の相克は、日本では永遠に続くであろうと思う）。

S叔母と別れたあと、私は、洋裁はあまり得意ではない母との暮らしの中で、引っ越した東京清瀬の近所の洋裁師に服を依頼するようにもなった。当時は探さなくても洋裁の看板がいたるところに出ていた。私が結婚前に住んだ東京の清瀬で私が出会った、母の紹介の洋裁師の一人は、離婚して自立しようと地方から東京へ出て来た若い女性であったり（東京に出ると期待して来たのにこんな田舎だと愚痴を言っていた）、夫が亡くなった母親に陰膳を毎日備えるマザコンらしく、母によると〈ひっそりとした表情〉の洋裁師であったりした。だが彼女たちはおそらくは女性の金銭的、精神的な自立を洋裁によって成し遂げていたのであろう。不幸ではなかったはずだ。

日本の洋裁師はやがてパリやニューヨークに逆進出してゆく（森英恵など成功と華やかな栄光と失敗が共にあったようだ）。だが以降、やがて洋裁師の職は既製服の大量生産と企業による市場販売に押されていく。だが手仕事の洋裁師は消えて行ったのではなく、おそらくは一般人の消費用には企業独占の大量のミシン一括洋裁工業へと移行したのであろう。洋裁師に手製の服の注文は今では一般人には贅沢な夢である（貸衣装の業者も出現している）。確かに洋裁は昔も今も裸を覆う貴重な芸術である。

ところで現在、格安賃金？　の企業制作でミシン縫いの洋装を仕立てる海外の洋裁師たちの存在、彼女たちの労働へのつけたしの言及は余計かもしれないが、このごろ私はどこかの日本語の会社の名の下に日本語で〈中国製〉と書かれた衣類のファンで、さかんに着ている。デザインは洒落（しゃれ）ているし洗いにも縫いは強い。値段が安いからでもある。日本の東京女には数多く買えることを意味する感謝もある。だが一方では、彼女たちの生活は大丈夫なのかしらん？　との心配を御礼と共に毎日楽しく着ている。海外のミシン縫いの女工さん――彼女たちにもついでに乾杯！

もう一人の叔母を回顧する。私が吉祥寺に住んでいたころ、JR吉祥寺駅前、水道道路に出る脇道の手前にドレメ学院の分校があった。同居の叔母（三人・父の妹たち）の一人は東京の某有名私立の女子高校を出たあと、大学には進学しないでドレメ学院へ通った。卒業後、この叔母（R叔母とここでは仮称する。前述のH叔母は長女、S叔母は祖父母の次女、R叔母は三女）はだが洋裁の職には就かないで、高校時代のアルバイト先で出会った男性（当時は若かった）の経営する会社に就職、やがて彼と結婚して会社経営を助けて子供を産むことを拒否して仕事一筋に生き、夫と一緒に働いた。確か始めは地図印刷を請け負う子会社で、叔母は当時の地図印刷に必要な細かい手仕事を、両手を使って（左利きだったとのこと）、素早く地図を作製した。山や平野の印刷を丁寧に貼って行き、細かい名前を上に次々と貼り付けていった。あるとき、傍らで見ていて見事だと思ったが、あら？　洋裁の方はどうなったの？とは幼心に私は思った（父がドレメの学費を支払った）。吉祥寺で一緒に住んでいた三人の叔母のうち、このR叔母だけが結婚した。

そのR叔母の洋裁の手腕の思い出が二件ある。一着は赤いスーツである。記憶では襟がひらひらと大きく開き、ボタンが付いていて胸の前で留めるように作ってあった。その洒落た上着とスカート（あるいはワンピース風？）で色と襟のデザインがR叔母らしいと思った。だから覚えている。今、記憶を逆行させると、これは叔母のドレメ洋裁学校の卒業制作であった。もう一着、これもスーツで、ブルーとグレイの綾織りのウールの厚い生地を裁断して襟はひょうたんのような形であった。胸元が大きくひょうたん形、あるいは丸形に開いていた。下にブラウスを着るわけだが、これも実にユニークな作品であった。私が卒業した中学（吉祥寺にあった）の同窓会に着て行って、他の友人の同窓生の服装と比べて豪華すぎるので、集合写真を撮影のときに小さくなって皆の後ろに隠れた記憶がある。だからおそらくは私が大学に入学したときに入学祝として作ってくれたものだと推量する。大学へも着て行ったはずだが、豪華なのでもっと安めの気楽なカジュアル衣類を常用した。

R叔母が結婚した相手、叔父は、自称〈高校卒で地方から東京へ出て来た〉と言っていたが、最近、その叔父は地方の名門の名家の長男で、家系図もある名家の出と聞いた。父に遠慮してくれた当時の二人の厚意には感謝するが、私が結婚のとき、叔父は父が昔、R叔母に支払ったドレメ学院の学費を、結婚祝として父に返してくれた記憶がある。また、話は前後するが、私の大学入学の際にお祝いをしてくれた。どこかのおでん屋に連れて行かれてビールが出た。初めて飲んだビールであったはずだが、サザエのおでんを食べてしまい、あとでR叔母に愚痴られた（サザエは東京では高価だと改めて知った）。当時、いかに地方の名家の出でも、やはり家計はそう贅沢というわけではなかったのだろうと回顧する。二人三脚の小さな会社経営では、ある程度の金銭的自由はあったとしても、やはり大変でもあったのだろう。

最近、家族の相続関係の問題で、依頼した女性弁護士同伴で二人に会った。埼玉県の老人ホームに夫婦一緒に入居していた。病気で……と弁護士さんは言っていたが、R叔母は私の顔を判別した。叔父にはサザエを食べてしまったお詫びを申し上げたが、わかったふり？　みたいな表情。私の顔は判明したようだが、実際に理解したどうかは不明瞭（ふめいりょう）である。半世紀の年月が通り過ぎた。

＊　初出「書評エッセイ　岡島弘子『洋裁師の恋』に恋する」（「PO」一七一号　二〇一八年十一月。第三章を抜粋、加筆した）。

5　芸術の街

先日夫と一緒に吉祥寺のある小さな劇場へ行った。「小さな」と言っても他の場所に稽古場も持っている劇団で、上演回数も多く名はかなり知られている。林光はすでに他界しているが代わりに萩京子が総監督をしている。小劇場形式で、いわゆる前衛芝居を立ち上げるタイプの劇団で、ブレヒトの流れにある日本のオペラを制作し上演し続けている。成功の理由の一つは童話をオペラ化したことにもあるだろう。『森は生きている』はこのグループであったか？　どうかは忘れたが、今手元にあるパンフレットを見ると宮沢賢治の名前がある。もちろん、ブレヒトの中枢はかなりな政治性だが、ファンタジー、童話的要素とは無縁ではない。それはマヤコフスキーの『ミステリヤ・ブッフ』を串田和美の演出で松本芸術劇場で観たときにも感じた。林光も萩京子もオペラの客集めのコツを心得ているると思った。吉祥寺はハイカラな街だ。こんにゃく座でますますハイカラになった。ついでながら、いつか見た『犬のあだ討ちあるいは吉良の決断』は見事なオペラであった。彼等はブレヒトの『三文オペラ』を日本のオペラの大衆性（日本性）に移植した、成功作であった。

かつての私の家から出て、さつき通りを上り水道道路に出ると、斜め向こう側に前進座があった。吉祥寺は昔から芸術の街なのである。私は当時は小さくて幼くて、前進座の芝居を見せてはもらえなかった。だが当時の前進座の劇場の建物の前を通らないと八百屋や魚屋の商店街に行けなかった。買い物の手伝いはよくやった記憶があるから、私はかなりの頻度で前進座の劇場の前を通っていたことになる。いつか山田五十鈴が買い物籠を下げて角の八百屋に来ていた！　と大騒ぎになった。彼女は結婚歴が多いが、誰かと結婚していたときにこの近くに住んでいたのであろう（ただ彼女が前進座関係の俳優と結婚していたという情報はない）。

そういうわけで私は前進座の経歴を知らなかったのだが、日本で初めて集団居住をした劇団であるとは聞いていたし、小学校や中学校で親を前進座に持つ友人とも仲良くなった。一人は長身で細長の面で眉の細長い美人だった。もう一人は中学の新聞部の後輩で生徒会の会長か副会長に立候補して当選した美男子であった。かつてはそうとは知らないで交友していたが（先輩顔をしていたが）、あるときに前進座の芝居の演目が書いてあるパンフレットを見て彼の名を読んだ。それでそうと知った。また岩下志麻さんも前進座の関係者である。子供のころよく行った銭湯（自宅で風呂を沸かすには大家族だった）、井の頭温泉の女湯に前進座関係の人たちがよく来ていた。おばさまたちは手拭いを片手に持ち上げて湯に入っており、ときどき私に「あんた将来きれいな女になるよ」とかお世辞を言ってくれた。細面のきれいな老女であった。有名な女優さんだったのだろうか？　だが母も叔母たちも他界して、その名を聞いたり確認したりする人はもういない。

私の通った武蔵野第三小学校、第三中学校は学芸会に熱心であった。私は小学校五年生のときに『暁の歌』というミュージカルを主演、主役の女の子になった。女の子が遠足の日の前の夜にいろいろ夢を見、それが舞台上で演じられるというファンタジア仕立てであった。私はセリフだけであったが、バレエを練習していた女生徒や子供の民謡グループであった。当時有名だった女生徒なども出演した。バレエと言えば、駅前に橘バレエ学校があった。駅の近くの化粧品店（橘バレエ学校に近い）のお嬢さんであった秋本さんはバレエで出演したが、美人で学校中の人気であった。橘バレエ学校で習ったのであろう。民謡が上手だったのは水道道路に面した商店街の中ごろ、本屋さんの隣の金物屋のお嬢さんで確か青木さんと言った。当時有名で、活躍していたビクター少年民謡団の会員だということだったが、テレビで彼女の姿を見ることはなかった。だが公欠が多かった。学校へはほとんど出て来ることはなかった。やはり地方巡業で大変で、ビクター少年民謡会の正会員だったというのは嘘ではなかったようである。彼女はゆえに勉強はできるとは言えなかったが民謡は確かに歌えた。正統の民謡の発声であった。だが、残念ながら一本調子ではあったような気がする。卒業式の謝恩会のパーティで、彼女が一生懸命歌っているのに聴衆の生徒たちがうるさく、三味線奏者のおばさんが苦虫を嚙み潰したような顔をしていたのを覚えている。発声は名人に教えてもらったらしく確かであったが、一生懸命に歌っていただけだったような気がする。当時のビクターの子供を狙った人気企画もわかるが、子供に本式の大人の日本民謡は歌えるのかな？　とも今思う。だが、青木さんの民謡を歌う一生懸命のその表情が、今も私の記憶に残る。また、岩下志麻さんに続き、樫山文枝さんも私の中学校の先輩である。彼女は早稲田大学の哲学科の教授樫山欽四郎のお嬢さんという毛並みの良さであるが、武蔵野第三中学校の三年生のときに学芸会で木下順二の「夕鶴」のつうを演じ、卒業後そのまま民芸入りした本格派である。だが女優さんとしては苦労なさったのではないか？（失礼ながら？　ＮＨＫの朝の連続ドラマしか記憶にない）。だが樫山欽四郎の娘教育の自由さはさすがと賛美する。ワセダ的？　であるが、同時に吉祥寺的？　であると思う。

このように吉祥寺は昔も今も芸術の地だが、一方では武蔵野市はかつても今も名だたる高級住宅地でもある（西の芦屋と並ぶと私は教わった）。東京大空襲を運よく免れたので（近くの荻窪は空襲被害）、戦前の裕福な紳士淑女の大きな邸宅がそのまま残っていた。国木田独歩、武者小路実篤、獨協大学の元学長の天野天祐などが、かつて吉祥寺の住人であった。皆で遊びに行ったクラスの友人の家の大きさに驚いた記憶がある。彼はなにやら有名な弁護士さんの孫だそうであった。天野天祐の孫であるクラスの友人の家に皆で遊びに行ったら、黒光りのする洋間に通されて、生まれて初めてゼリーなるものをおやつにいただいた。緊張のあまり味は覚えていない。また友人といつまでも大きな家の庭の花々を見つめていたこともあった。彼女のおばあちゃんかおじいちゃんの家（大邸宅）の庭であるとのことであったが、行けども行けども同じ垣根が続き、同じ表札が出ていた。ただ記憶では花のアヤメが咲くその秘密の花園は手入れが悪く、花々がぼうぼうたる繁茂であったことである。逆に言えば、人手がなく花は自由に繁茂して御伽噺並みの花園が出来たことになる。千葉県のマンションに現在は住む私の持論は、一般人の狭い家や庭の方が手間が省け、気楽であり、趣味や仕事に時間が使えると言いたい。庭は手入れが悪いと野趣に満ちる。

吉祥寺思い出連ね花の雨　　のりこ吟

（初出「ＰＯ」一七二号　二〇一九年二月）

6　井の頭公園

母のホームは三鷹市にあった。吉祥寺駅行きのバス停がホームのすぐ前にあった。母が最後に運び込まれた救急病院も三鷹市にあり、吉祥寺駅からバスで行けた。母は大家族の長男の嫁として苦労が多かった吉祥寺の地から、みずから進んで父と私と弟と共に他所に引っ越したわけだが、最後に再び母は吉祥寺に戻った。その間に五十年の月日がある。今、私はこの原稿を書くために空いた間の歳月を計算してその月日の長さに驚いた。母は半世紀経て、結婚して最初に暮らした場所に近いホームへ引っ越したことになる。私が赤ん坊から中学一年生の少女に至る時期であり、弟がやはり赤ん坊から小学生に成長した場所である。小さかった私が近所の子供たち（悪ガキ）と遊んだりいじめられたり、目に病を得た幼児の弟を、今にしてみれば歩くには遠い駅の向こうの病院（記憶では、すみ病院と言った。総合病院？　今はないと思う）まで走っておんぶして往復した場所である。井の頭公園があった場所である。井の頭公園にはよく行った。当時私はいのかしらこうえんとだけ記憶していたが、のちに有名な公園であると遅ればせながら知った。最近、ゾウのハナコが死んだこともあったせいかもしれない。ゾウのハナコは人気であった。

今ネットでサーチすると井の頭公園は井の頭恩賜公園と井の頭自然文化園とに別れる。自然文化園の方は動物園があり入園料を払わなければならないから、幼いころは私一人で行ったはずはない。小さいころは父や母やあるいは叔父叔母と一緒であったと回顧する。おばあちゃんとも一緒だったかもしれない。小さいころの私の記憶には動物園のゾウさんと熊さんがいる。ゾウはあのハナコであったのか？　熊さん（メスだったと記憶）は人気であったがかなり獰猛（どうもう）で、飼育員や手を出した子供を傷付けた事件があったように記憶する。猿山もあったかもしれない。記憶が確かではないのは、以降この齢になるまで私は動物園マニアと化してかなりの動物園を徘徊（はいかい）したからでもある。コアラとカンガルーの見物にオーストラリアの動物園へも行った。テナガザルやメガネザルを見たのはどこであったか？　沖縄？　シンガポール？　インド？　だが私にとっては井の頭自然文化園内では、動物園の向こうにあった大きな観覧車や、ぐるぐる回る子供用の観覧乗り物も記憶に親しい。こちらも高校時代に友達仲間を誘ってよく遊びに行ったからである。池（通称弁天池）のボートにも高校時代に友人を誘って乗って、彼女も漕いだし私も漕いだ。ちなみに、私が自分でボートを漕いだのはここが最初で最後である。転覆しないでよく池の上を滑った。元の場所に戻れた。

子供のころは、水道道路を渡って、ほぼ直角にまっすぐ伸びる道をどこまでも歩いて、どこかで曲がると下る坂があった。下ると井の頭恩賜公園に至るアネックスともいうべき公園の延長があって、当時は川が、というより小川が流れて、水草も生える草原があり、小山があり、あかまんまの花が咲いたりする野趣ゆたかな場所であった。今の私が歩けばそう簡単に着く場所ではなかったはずだが、当時は車の発達がまだなかった時代で、歩くのが当たり前であった。道もゆえに舗装されていなかった。そのせいもあって、今も当時はよくそんな遠くまで歩いた、歩けたという賞賛はない。今ネットサーチすると、この小川は井の頭公園の湧き水が涌くお茶の水池から弁天池を通過して流れる小川であり、神田川の源流であると知り無知を恥じた。小さいころの私はこの神田川の源流（まださらさら流れる小川）あたりでよく遊んだ。父の庭に、どこからか迷い込んで来たのをみつけて洗面器に砂を入れて飼育した小さな亀、カメコが大きくなったのでここまではるばるカメコを持って歩いて行き、川のそばの湿地の草原にそっと離した。さよなら、カメコ。小さな洗面器の中よりこっちの方がいいでしょ。でも気をつけてね。達者でね！　バイバイ！

井の頭公園の春は桜が満開となった。秋には樹々はきれいに紅葉した。弁天池には色とりどりの鯉が泳ぎ、水草が池の底から繁茂していた。ゆえに池の水の色は緑色がかっていたような記憶がある。緑色に濁っていたのは鯉のエサになる藻や水草が豊かであったからであろう。だが池のこちら側と向こう側を結ぶ橋の上からは泳ぐ鯉がよく見えた。赤、白、黒の斑点鯉や黒一色の鯉、金色鯉もいたかな？

エサを投げる人もいた。その名にそぐう弁天様の社（やしろ）はあったはずだが、不信心ながらあまり留意しなかった。池には葦が茂り、子供にはお社は見えなかったと言い訳する。橋を渡らずにさらに向こうへ歩くと池の源流となる水が涌いている泉があった。これも小さな池の形を作っていて、子供たちが遊んでいた。私も靴を脱いでスカートを巻き上げておそるおそる涌き水の溜まる場所まで、置かれた踏み石の上を歩いて行ったことがある。水は透明なきれいな水であったが冷たかった。

そのとき母が一緒だったかどうかはもう覚えていない。覚えているのは、結婚して別姓となった母の妹、すなわち私の母方の叔母が、井の頭公園と吉祥寺駅のちょうど中間にアパートの部屋を借りて（台所付きの一間。当時は皆貧しかったし、彼女の夫、すなわち私の叔父は文学座の俳優だった）引っ越して来たことである。母と叔母は仲がよかった。母はたびたび買い物籠を下げ、私を連れて叔母のところへ遊びに行った。叔母はアパートに近い水道道路を渡って、駅へ下る道の角にあったパン屋で売り出したヤキソバパンのファンで、よく買いに行っていたようであった。覚えているもう一つのこと。叔母は（今の私より当時の彼女の年齢ははるかに若い）、友達を誘って夜、井の頭公園の池のボートに乗った。なぜ夜でありしかも誰が漕いだのかわからないが、わかっていることは、ボートが転覆して皆（何人いたかは聞いてはいない）池に落ちてずぶぬれになったことである。叔母によると、当時洋服も靴も当人たちも水にずぶぬれ、藻にからまれたまま、皆で一緒に池の杭にしがみついて、助けて！　と叫んだそうである。

あら。溺れて死ななくてよかったわね。夜なのによく助かったわね。弁天様のお力かしらん？　池は別名ひょうたん池と言った。ひょうたん型のくびれのところに端から端まで渡る橋が「く」の字形に架かっていた。橋を越えてすぐ、ひょうたんの上側には弁天様のお社と涌き池、お茶の水池があったはずであり、ボート場はひょうたんの下の方、ひょいと再び胴がふくれた場所、鯉が群れる場所にあった。

私の記憶は公園の駅側の、池を見晴らす広場にもある。池を見晴らす少し広いスペースに、ブランコや滑り台があった。私にはブランコに乗った記憶がある。母か父が一緒だったはずだと思うが、もしそうだったとすると、忙しかったはずなのによく一緒に来てくれたと、今思う。あるいは一人で来た？　友達と来た？　のかもしれない。弟が生まれるとしばらく母は弟が独り占めしたからである。

母の記憶の一つはねんねこ姿である。綿入れで黒いビロードの衿付きで暖かかったと思う。赤ん坊を当時の負ぶい紐で背中に負ぶってともに包まる和式のオーバーコートである。だが中に包まれていたのは私だったか弟だったかはもうさだかではない。写真の記憶もあるからである。今の若いおかあさんは子供を背中ではなく胸の前にダッコのように括る。ゆえに、ねんねこと呼ばれるこの日本衣類は廃れたようで残念である。母は誰かを背中に負ぶってねんねこで包み、買い物籠を持ち、若くきれいで、笑っている。

（初出「ＰＯ」一七三号　二〇一九年五月）

7　吉祥寺の子守り唄

吉祥寺

古い唄が聞こえます
なぜか　今
遠い昔
おとうさんが唄ってくれた
ねんねこ　子守り唄?

哀しく
楽しく
わたしも唄います
だって
生きることは哀しい
生きることは楽しい

吉祥寺の大きなおうちで
でも当時の大家族のなかで
おとうさんの一人占めしていた
たった一間の洋間　そこを
改装して天井下に作った
寝室ベッド　弟が生まれる前
木の大きな階段を
わたしは上った　下りた
昼間は外しておいた

そこで聞いた　おとうさんの古い唄
眠れないと　唄ってくれた
弟が生まれると　一間の洋間の壁を壊し
台所と子供部屋が出来ました
その場所は　元はかなりの空間のお庭だった
父は手製でブランコとお砂場　鉄棒を
作ってくれていました
そこで　私はお友達と遊びました

天井ベッドで聞いた子守り唄
弟が生まれる前の　遠い　遠い昔
昭和二十年代　後半
今はモダンマンション　ベッドで
天井ベッドなんて　独創はないです
なくていい　なくて済みます

古い唄が蘇ります　哀しく
おとうさんも　おかあさんも
もう　いません

古い唄が蘇ります
異国にいる初孫に　今度唄いたい
私が脚気で眠れなかったとき
脚をさすりながら　唄ってくれた
変てこで　ユーモア溢れた
子守り唄　古い　ニッポンの　面白くて　遠い
おとうさんの　ねんねん唄
「ケッツの穴〜に　ア〜リが　這い込んだ〜」

当時　パンパンと呼ばれた人たちがいた
アメリカ兵がいた　あとでそう聞きました
吉祥寺の駅裏に闇市の跡があったと
飯田橋にあった　おじさんの官舎で　私は

ロイドさんという　青い目のアメリカ人が
アメリカに帰ると　挨拶に来たのを
覚えています　そういう時代だった　そのはず

でも　私の記憶は　哀しいけど　楽しい
空襲を免れた　吉祥寺の大きなおうちの群
そのひとつだった　おとうさんの　大きな
おうちの　八畳間のお部屋の　天井ベッドで聞いた
遠い唄　ねんころり〜　ねんころり〜
練習して　今度　孫に唄います
新しい命に　ねんねん唄は　吉祥寺の唄

ねんころり〜
ねんころりん

（初出「ＰＯ」一七六号　二〇二〇年二月）

8　神田川からのお手紙

神田川からのお手紙

皆様へ
お手紙申し上げます
コロナもありますが　だいぶご無沙汰しております
ご報告します　今　私は東京で　神田川と水道道路のそばの
T女史のおうちで開催の　詩のサロンに出ています
おうちは　神田川のすぐそばです　歩くと川の流れが見えます
頂いた地図に水道道路の名前もありました
T女史は永福町に住んでいます　千葉県の西船橋からは
メトロで渋谷へ出て　渋谷から井の頭線に乗ります
永福町で降りて　駅前の道を踏切のある車道まで歩き
左折して直進します　永福二丁目まで　近くはないですが
とことこ歩きながら　道を下って行くと　やがて高圧線と

神田川を渡る石橋らしい　小さな橋が黒ずんで　見えて来ます
その手前の道で右折して　五軒くらい過ぎたお宅の二階が会場です

お宅のベランダへ出ても神田川は見えません　でも
向かいのおうちの裏に流れています　そのはずです
神田川は　吉祥寺の井の頭公園が源泉です　なつかしいのです
私は小さい頃　吉祥寺の神田川の源流で遊びました
大阪でも　神田川を愛する詩人に何人か　出会いました

神田川のそばで　皆様を偲びつつ　東京の詩人と
おしゃべりしています　よろしく　ご無沙汰しばらく
お許しください　コロナに負けないでください
お元気で

水崎野里子より

追伸。昔、私は杉並区の高校に通っていました。吉祥寺に住んでいたときはバス利用、国分寺に越してからは吉祥寺から井の頭線に乗り換えてどこかの駅で降りました。降りた駅の名前は、井の頭公園駅の次の駅の三鷹台の駅だったでしょうか？　永福町へ行くには、渋谷からですが、やはり井の頭線に乗ります。思い出を運び、なつかしくもあります。

（初出「ＰＯ」一七七号　二〇二〇年五月）

9　水道道路・わが町

水道道路は井の頭道路とも呼ばれているようですが、私たちは水道道路と言っていました。私が住んでいた父のおうちは水道道路へ向かうさくら通りを下った（上った）すぐ三軒目の大きなおうちでした。お買い物で商店街に行くのも井の頭公園に行くのも銭湯に行くのにも水道道路を渡りました。私の小さいころには、信号はありませんでした。右左を見極めて車の途絶えたときに渡りました。交差点と信号機が出来たのは、私が小学生になってからしばらくです。でも少し遠い場所で、当時の私のおうちから早道でマーケットへ行くのは、やはり〈左右見極め渡り〉だったような気がします。今、車が途切れた、それっ！　水道道路にはバスが走っていました。吉祥寺駅前にも停まりました。でも当時一緒に住んでいた叔父や叔母は、バスに乗らないで歩いて行きました。父もです。バスを待つより歩いた方が速かったのかもしれません。

一番近い交差点はお蕎麦屋さんのそばにありました。渡ると、お魚屋さんとお寿司屋さん、クリーニング店がありました。交差点から下ると小学校まで一直線の道のりで歩いて行けました。私たちは毎朝、交通整理のお当番を順番に任され、信号機を見ながら小さな黄色い旗で横に遮断してランドセルを背負った生徒たちをストップしたり、黄色の旗を上げてみんなを通したりしました。黄色い帽子を被ったと思います。

お豆腐や菓子パンを買いに井の頭マーケットへ行くのも、八百屋さんやお菓子屋さん、お肉屋さん、天ぷら屋さん、お魚屋さんのお店へ行くのも、水道道路を渡りました。床屋さん、お薬屋さん、牛乳屋さんは渡らないで済む水道道路のこちら側でした。たくさんお店があって便利でしたが、やはり今のスーパーマーケットにはかないません。一か所で車で行けてすべて一度で運べます。昔は買い物籠がありました。今はポリエチレン製の袋に変わりました。でも、スーパーから全部一度に車で運ぶので気になりませんが、ときどき、紐で編んだ昔の買い物籠がなつかしくもあります。

靴、衣類、化粧品、衣類用布地など、少し大きなものを買うには駅の方、と皆が言っていた吉祥寺駅の駅前の商店街へ行きました。今は大きなデパートが三つくらいありますが、ユートップストアという、デパートあるいはスーパーマーケットの走りみたいな大きなストアが駅の傍に出来たときは皆で見物に行きました。私が子供のころに流行したフラフープとダッコちゃんは、父が一緒に来てくれてここで買ったように記憶します。もっと大きな買い物は、バスに乗って水道道路を走り、終点の新宿の伊勢丹の本店に行きました。父はおもちゃを伊勢丹で買ってくれた記憶があります。蠟で出来た野菜、ままごと道具、お雛様など。吉祥寺駅の北口にデパート（百貨店）が出来たときは大騒ぎでした。このデパートは今名前を変えていました。よく聞くブランド名です。七五三のお祝いや夏祭りで行った八幡様はそこからさらに北へ歩きました。

吉祥寺駅の北口バスターミナルから成蹊大学へはバスがありますが、初めて行ったのは五十歳を過ぎてからです。結婚して、夫も息子も一緒に千葉県の船橋市に住み始めて、そこから行きました。学会や詩人会という大きな大人の会に参加するためでした。初めて行ったのは、ほぼ二十年以上も前です。少なくとも三回の記憶がありますが、去年も行きました。永福町の女史のグループとのご縁の始まりでした。

吉祥寺からは井の頭線の他にＪＲ中央線、ＪＲ中央・総武線各駅停車、また三鷹行（各駅停車）と中野行（急行快速）で東京メトロの東西線に通じます。今、私が住んでいる西船橋駅までは路線図では近いのです。父がここにマンションを買った理由がわかります。吉祥寺は今、私にとってわが町であるとともに失われた町でもあります。そっとして置きたい――思い出はいつも美しい。美しいままでいて欲しい、その町です。父も母も、もういません。でも思い出の中、父も母も生きて歩いています。

ソーントン・ワイルダーというアメリカの劇作家に『わが街』という作品があります。その中、「アイロンのかかった真っ白いシーツ」というセリフが、なぜか私の記憶にとどまっています。吉祥寺は私にとって、母がいつも用意してくれていたふかふかのお布団の上で眠った場所です。父は電燈の傘に風呂敷で覆いをして裸電球の光が眠っている私にあたらないようにして、木の机の上で夜遅くまで本を読んでいました。

（初出「ＰＯ」一七七号、二〇二〇年五月）

10　バスに乗る

二〇一六年二月某日。

吉祥寺駅の井の頭公園口を出てまっすぐ歩くとバス停があった。見慣れた赤と白の横縞模様のバス。乗った。夫と二人で母に会いに行く。母がいる三鷹市の病院は、赤煉瓦のあまり大きくはない救急病院だった。始めてこの病院の名前を聞いたとき、ネットでサーチして見た病院の、こぢんまりとした外観に親しみを感じた。何度通っただろうか？

駅前から出発したバスはやがて交差点を大きく左に曲がった。左手に拡がる井の頭公園の木立の間から光が鋭くチラチラと射し込んでいた。ああ、光かと、私は思った。母は昔、幼かった私や弟と一緒に歩いた公園のそばに戻った。戦後間もなく父と結婚して、大家族の嫁として苦労したはずだ。だがその地へ、母は戻った。母と一緒に、母を見舞いに、母に会うために、私も再び戻った。

（初出「ＰＯ」一七七号、二〇二〇年五月）

Ⅱ　おばあちゃんから孫へ

はじめての夜に

二〇一八年一月某日
千葉県船橋市の自宅マンション近くのイタリアレストランにて

息子は怒っている
朝　フライトが飛ばなかった
成田へ着地しなかった
羽田に降りた
管制塔の許可を得るのに
深夜まで待った

私は上の空
ねえ　あなた　母は

天井を見ているの
ラファエロ？
天使が弓を持つ
羽を持つ
天井は天なんだわ
きっと
壁ではヴィーナスが誕生する

やさしさを！　やさしさを！
家族の束の間の一緒の　夜
唇を噛んで　怒ることができないと
誰かが言った　私は上の空で
天使の歌声を聴く

やさしい夜　光る夜
あなたの連れて来た　異国の　素敵な
やさしい彼女　宿る小さな心臓を

スマホで一緒に見た　はじめての夜

命　この世に
新しい命
やさしくね　そっとね
天使の羽のように

さよなら　またね
別れの車の運転　ライトを眩しく
世界よ　やさしく　私たちに
やさしく！
やさしさよ　私に降りて来てね
天使の羽のように

唇を嚙んで　私は
怒ることができない

（初出「ＰＯ」一六九号、二〇一八年八月）

孫の一歳祝い

——二〇一九年七月二十日ソウルにて

一歳のお誕生日おめでとう
虹色の晴れ着はきれいだね
大勢のおじさんやおばさんに囲まれて
お団子お菓子　たくさんお供え
おばあちゃんもしあわせよ
きっと神様が　護ってくれる
平和　安泰　祈ろうね
糸束の山　おもちゃの弓矢

このところ一年に一度は韓国へ旅行している。かつては夫と私、それぞれの分野での交流目的であったが、今はそれと並行して、長男が韓国籍の女性と結婚して韓国はソウルの郊外の水原（スヨン）のアパートに住んでいるためと、初孫が生まれたからでもある。韓国では一歳の誕生祝いはかなり大々的なお祝いの慣習である。そう聞いた。だから颱風予報にもめげずに行った。

ひと昔前にはソウル行きのフライトは大韓航空か全日空、日本航空などであったが、このごろは新しい格安のフライトがソウルを含んだアジア諸国に飛ぶ。六月にシンガポールへ行ったときに使用したスクート航空もそうだが、値段は若い乗客用で搭乗手続きも簡便である。入国も出国手続きも人間職員の係官は座っているだけで、パスポートの写真と乗客顔写真を撮影して指紋検査をする、コンピューター仕掛けの器械がある。器械が乗客はパスポートの写真の人物と同一であると指紋も含めて察知するとそばのゲートが開くしくみである（だがしばしば手荷物はチェックイン預かりはしない。二個機内持ち込み可だけという簡便もあるから気をつけてください。機内食は搭乗券には含まれない場合が多い）。成田空港には第三ターミナルというのが出来ていて、この種の新型航空会社のフライト、特にアジア方面行きはそこから出発する。今回は私がオンラインで探して注文したジェジュ航空を使用した。使用したＨＩＳのサイト入力で一番先頭にあったからである。ジェジュとは済州（島）のハングル読みであるので親しさもあり早速予約してしまった。初めての使用である。この種の新しい航空会社である。同じく第三ターミナルから出発、帰着する。申し上げておくが、第三ターミナルという駅は京成電車にはない。第二ターミナルで降りて、あちら、という矢印に従って空港ビルの外を歩いてゆく。端に第三ターミナルと書いたバス停があり、待っているとかなり短い時間間隔でバスがやって来て、降りる乗客は降ろして乗る乗客は乗せてくれる。ジェジュ空港のチェックインは第三ターミナル空港ビルの一番端っこにあった。オンライン器械が並んでいて、まずパスポートチェックインとのこと。メカに弱い私には控えて立っている若いきれいな女性係員が助けてくれた。日本語表示を選択したのできれいな日本語での指示であったが、彼女、何人？　とは、失礼ながら今思う。

無事荷物をチェックインして荷物検査と出国検査を通ったあと、またかなり長々と空港内を搭乗ゲイトまで歩いた。旅行には体力が必要です。実は、今回のジェジュ航空、シンガポール行き前回のスクート航空などを選択したのは、名前がまだ目立たない小さな航空会社なら、かつてのオランダ航空のウクライナ上空テロのようには狙われにくいだろうとの目論見もあった。韓国の沿岸警備艇も済州島（韓国領内）の名のあるフライトには（間違えて）なんとか照射はしないであろうという庶民の安全対策ではある。だがよく歩く。若い乗客が多かった。無事フライトに入る手続きを終了して、窓側の席に座りシートベルトを締めたあと（これは必要です）、安心して私は眠ってしまった。疲労したらしい。ふと目を覚ましたらソウルの仁川国際空港であった。なんだ、東京から新大阪までの時間だ。ソウルだ。シートベルトを外して私は立ち上がる。「こんにちは！　ソウル！」、どういうわけか私に、かつて若いころ書いた詩の一行が蘇って来た。

来る前に心配して（日本の七五三には両親は今日でもしばしば羽織袴、あるいは紋付の訪問着の晴れ着でお宮詣）、どんな服装をしたらよいのか？　和服？　と考えてメールしたら、普段着でよいとのことだったので気軽な服装を用意した。だが、モンゴルへ交流で行ったときに買った薄い白い布地に大胆にオレンジ色の水玉のような模様がある、日本のチャンチャンコのような上着を普段用に持参した。着物襟デザインである。思いがけなく式に役立った。派手な格好をするな、ということであったので紺の無地のドレスもあるわよと言ったが、息子夫婦はこれがいいと指定してくれた。指定された時間に行くと、嫁の一家、すなわち孫の母方の親類もすでにかなりの人数で来ていて、なるほど普段着風の服装であった。嫁は日本に留学歴のある才媛だから白い洋式ドレスもわかるが、全員普段着なのは、日本人老夫婦を意識して韓服は着なかったのかな？　あるいはもう、韓流ドラマで見るような古風な、でもきれいなチマチョゴリの服装は避けてくれたのかな？　着ないのかな？　と考えたが余計は言わずに黙っていた。食事も博物館やいろいろな宮での観光用展示に見るような立派なお供え食事ではなく、ホテルの朝食をそのまま、ともにいただくしくみになっていた。豪華であったが、ケーキ、ジュース、コーヒーや紅茶、コーラ、日本のお寿司、包子や韓国式焼肉、山盛りの野菜サラダなど古今東西のインターナショナル網羅の食事であった。バイキング形式であるので好きなだけ自由に皿に盛ってよい。息子は若いのでいたしかたなかろうと考えた（私には旧式の韓食の方がありがたかった）。でも、あとで私は誰かに、好きなだけ食べられるのはお祝いのしるしです、今世界ではすべての人々がそういう境遇にいるとは限らない、ありがとう、と申し上げた記憶がある。

孫の一歳祝いは韓国の古くからの慣習を踏襲した。部屋に入ると一方の壁の上に桜の模様の垂れ幕が下がっていて、中央にハングル文字が書かれていた。その前に祭壇があり、白い布で覆われた細長い卓上の両側に菓子や果物が飾ってあった。これは本物ではなく式用に似せて作ったプラスティック製？　であった。中央に小さな椅子。前になぜか糸を撚った束が数本、丸い形に盛られて置かれていた。向かって右手の小卓におもちゃの弓矢などが置いてあった。式は乾杯とか式辞などなく、自然にごちそうを取りに行って始まる。私は嫁のおかあさまに挨拶した。きれいな日本語が返って来て恐縮であった。式の中ごろ、部屋の中央に垂れたスクリーンに、孫の誕生から今までの写真が映し出された。ハングル文字で説明（があったが私は判読できず）。さくらの垂れ幕も孫の写真シリーズ動画も、嫁のお手製であったらしい。大変なご苦労と用意であったと感謝した。終わりには孫は卓の中央に座った（裏で息子が支えていた）。記念写真。最後に一同集まって記念写真。ごくろうさまでした。息子の言では、十人くらい集まった韓国での親類（ゆえに母系家族）とは年中会っていて、日本のように文句も言わないし皆やさしいのだという。東京は分離家族だけれども地方ではいまだ大家族制が残っている、でもウルサイ、トウキョウが変なんだ。七五三のお祝いは東京でやりたいと息子は言っていた。

日本をすでに凌(しの)いでいる？　ハイテクの韓国、アジア諸国の今後の、大家族制保存と独自の祭式と慣習の保護と保全と田舎臭さを望みたい。あとでソウルの民俗博物館の生活展で一歳祝いの展示を見た。糸束の山が丸くやはり盛られていた。将来服には困ることのないようにとの願い事であろうか？　弓矢の弦か？　高麗人参の普及とともに韓国の今後の独自の慣習の発展を祈る。同時に日本国内でも、面倒臭さと老齢化とグローバリズムの掛け声の下で消えそうな？　土着、地元のイベント保護育成を願いたい。それにしてもソウル市内の景徳宮(キョンボク)は老人二名がそぞろに歩くには広かった。疲れた。

糸束山に　着るもの　一生　困ることない　紡いで　機(はた)で　織りましょね

（初出「秋桜　コスモス文芸」二四号　二〇一九年十月）

孫に　――ソウル駅

地下鉄で仁川空港から　ソウルに着いた
左右に伸びる地下道をとことこ歩いた
出口間違え　目指すホテルへの道に迷った
地下道から出る　階段をよっこら上り
見回した　喧騒の　いつものソウルの街
車の往来　ビル　交差点　並木　急ぐ人々
そうだ　いつもの　ソウル　都会の風景
でも　目指すホテルはどこかしらん？

もう　私は　おばあちゃん
夫は　おじいちゃん　疲れたよ

一休みしよう　喫茶店ないかな？
捜す　少し歩く　きょろきょろ見渡す
大通りの横断歩道　新聞売りのスタンド
寝ている乞食　プルコギの店　すると
歩いていたおじいさんが　話しかけて来た
ほら！　そこだよ！　そこにあるよ！　日本語だ
カンサハンムニダと言ったかな？

ありがとうと言ったかな？　おじいさんの笑顔
ホントだ！　あった！　サテンだ！　そこだ！
珈琲店に夫と入る　ソウル駅はすぐそこ
遊歩道を曲がった先　その気配
珈琲を頼む　洒落た喫茶店
店のカウンターの女性と会話
英語だったかな？　日本語だったかな？
女史のやさしさと　笑顔が胸に沁みた
若くもない　年寄りでもない　女性のマスター

珈琲は濃くておいしかった
飲み終わり　外へ出て　ちょっと歩いて
彼方に立つ　石の建物を見つめた
ソウル駅　堂々の大きな建築　セントラル・ステイション
中央駅　蟻のような人々が　急ぐ　消える　出て来る

ねえ！　ちっちゃいあなた　おばあちゃんの初孫
日本では「おまごちゃん」と言われる
あなたもいつか　ここから　いろんな場所に
旅立つのね　ここへ　帰るのね　思い出一杯お土産に
あなた　いつか　ひとりで　日本にも来てね
ひとりでね　リュック背負って　ガイドブック持って
文字は　ハングルでもいい　英語でもいい
日本語でも　いい

あなたは若い　未来を背負う　創る

新しい世界を生きる　新しい世代　若い世代
忘れないで　ソウル駅　夕陽に照らされていた
どかんと　あそこに立っていた
待ってるんだ　きっと　あなたの旅立ちを

世界へ

（『詩と思想詩人集２０２０』土曜美術社出版販売　二〇二〇年八月）

あなたの瞳

あなたの黒い瞳
まん丸でピカピカ光ってる
不思議なの　人間がこんなきれいな瞳
持っているなんて

黒水晶　黒珊瑚　黒硝子　黒大理石
どんな作り物も
あなたには　かなわない
あなたの瞳は何を映すの？

きっと汚(きたな)さを外した

人間の姿　世界の姿
ごめんね　人間は　いつでも
そんなに澄んではいなかった

明日　あなたに会いに行く
玄界灘が　荒れても
颱風が　追いかけて来ても
きれいな人間を　あなたの瞳に映したい

そのために
きれいなあなたを抱きしめる
そのために
地球が逆に廻る

その時間のために

（初出「ＰＯ」一七五号　二〇一九年十一月）

ドヤを探して――ビリケンさんと通天閣

大阪で宿泊所を予約　天王寺駅に近いとのこと
いざ降りたのは今宮駅だったか？　動物園前駅か？
恵美須？　もう忘れた　歩き回った末　なんとか
着いた　入口ドアを押して入る　テーブル
ソファ　奥に自炊用台所　観光案内多数

普段着のおじさん　テーブルでコンビニの
お弁当食べてる　若い長い髪のおねえさん
座ってテレビを見てる　江戸時代の江戸の
大火事の話　一緒に観る　無料珈琲を一杯
マスター出て来る　親切　こんにちは

東京から来ました　一泊お願いします

翌日　宿泊所とリンクの食堂で朝ご飯
宿を出て右手に歩き　交差点を渡る
渡ってすぐとのこと　行ってみた　あった
券を出す　おいしかった朝ご飯　結構豪華
宿に帰る　おじさん　おいしかったわ　お茶も
それから　今日は日曜日　通天閣へ上ろう
マスターに行き方を聞く　すぐそこよとのこと
大通りを左に歩いて　ガード下を抜けると見える
そこで　いざ出発！　おじさん　さよなら！
左手へ歩く　たしかにガード下があった！
くぐる　新世界だ！　焼き鳥　串カツ　おでん

酒場　お寿司屋も　通天閣は　その彼方
はるかに聳えていた　天へ！　ひたすら歩く
着いた！　展望台へ上る切符を並んで買う

若い人々で一杯　ゲーム　通天閣メダル
お土産を売る店を過ぎ　展望台へ　上る
エスカレーターごった返す　最上階に着いた
あ！　あれ何？　ビリケンさんだ！　ビリケンがいた！

金色光る福の神　にこにこ　記念写真　千円
しかたない　支払った　パチリ
ビリケンは　ソウルに住む私の小さな孫に似ている
なんとなくユーモラスな　にこにこ神様　福の神様
ハッピーの神　脚を撫でると福が来る　撫で撫で
はるかな大阪　街並み展望　ぐるりとガラス壁
サンヤ　カマガサキ　今は消えたドヤ街
かつて　半島から来た労働者　家出少年を養った
かつてのドヤのど真ん中　聳える通天閣　いつか
ソウルの孫と上りたい　上ろう　上りましょう！
リュック背負って　ね　おばあちゃんと

上ったのは　実は　コロナ騒ぎのはるかな以前
今　大阪・東京間　コロナ騒ぎで　行けません
孫のいる　韓国ソウルにも　行けません
ドヤを探して　ビリケン神様に出会った記憶
神様　孫を　この世を　お護りください

（初出『現代生活語詩集二〇二〇　わが街・わが村・わが郷土』
現代生活語詩集刊行委員会　二〇二〇年九月刊行予定）

Ⅲ　状況劇と劇評

つかこうへい『熱海殺人事件』をめぐって

二〇一八年三月：東京新宿　紀伊國屋ホール
二〇一九年十二月：東京北区　北トピアペガサスホール

つかこうへいの『熱海殺人事件』は昨年二〇一八年三月四日に、東京は新宿の紀伊國屋ホールにて観た。理由は第一に、そしてなによりも、つかこうへいの名も、熱海を冠した劇の内容も、なつかしかったからであった。第二に、つかこうへいはすでに代表的な劇作家と評価されていて、またこの作品は彼の代表作ともみなし得るからであった（初演一九七三年、文学座アトリエにて）。

七〇年代前半、つかこうへいがデビューを果たして人気となり次々と作品を発表していたとき、私は早稲田の学生であり、シェイクスピアをまじめに研究のつもりのまじめな学生であった。ゆえか？　彼の出現と人気を、当時はああそうかとだけ思った記憶がある。

切符は発売と同時にいつも売り切れの人気であったし、いわゆる大衆人気に関しては一応？？　とまずは疑問符を置く私の習性が当時もあり、彼の人気にも一応？　と距離を置いていたことも確かと告白する。それはあるいは、正統英文学を専攻しているつもりの一女子学生のまじめさとかたくなさと抵抗であったかもしれなかったが（当時、東京でシェイクスピア上演を次々と実現していた福田恆存は正統演劇を主張していわゆるアングラ演劇にむしろ保守、防御姿勢を取っていた）。一方では、日本でサミュエル・ベケット『ゴドーを待ちながら』の日本初演の翻訳（筆者注・フランス語から。英語からの翻訳援助は故高橋康也東京大学教授）と演出を手掛けた、文学座座員であった安堂信也（当時は本名で早稲田の演劇科の先生。逝去）は、早くもつかこうへいや唐十郎を評価していた。教授は授業中に、つかこうへいは無名時代に早稲田の演劇博物館の図書係のバイトをしていたのだと言っていた（ホント？）。

確かに、『ゴドーを待ちながら』の日本での初演と翻訳が、六〇年代末から七〇年代にかけて現出したアングラと呼ばれる若者中心の「日本の新しい劇」を次々と華々しく現出させた導火線の一つであったことは否めない。今考えると、私の当時の距離置きは、将来はやがて詩人、物書きにもなるであろう若かった女の、嫉妬と敵意であったのかもしれなかった。だが、いつかもう記憶にないが、買えなかったはずのつかこうへいの芝居の切符を買ってある日突然、彼の芝居を見に行った（行けた）不思議の記憶もある。それがおそらくは『熱海殺人事件』であったのでは？　と今、回顧する。同じ紀伊國屋ホールであった。新宿は当時若者が前衛を鼓舞する場所でもあり（唐十郎などによる歩行者天国での大道芸、全共闘の新宿騒乱事件勃発）、その新宿にあり（ユニークさで有名な社主は存命だった）、紀伊國屋ホールは彼に初めから好意的であった。その上演の詳しい記憶と資料はもはや私の手元にはないが（演出は岡村俊一？）、かぶりつきの固定ファンの若いギャルがいて、舞台上のセリフの一つ一つに彼女、彼らはファ～ファ～と揺れ動き反応したという思い出がある。あらまあ、大変だ。ナルホド、と私は思った。大手のシェイクスピア劇上演にはこの、若い観客をファ～と巻き込む熱はない。つかこうへいのアングラは当時の日本のメイジャー新劇の紳士、淑女ぶりにも反抗したのか？　とも思ったが、記憶に残るのは、舞台上で語られてゆく殺人事件のミステリー仕立ての筋と、犯人の捜査の過程で露呈する徹底的な貧しさと官憲の傲慢（ごうまん）さへの告発（これは双方、当時の学園闘争の記憶でより生々しかった生活感覚）、そしてアイちゃんを演じる女優さんの一人二役の登場であった。いかにもアンチテアトル、アングラらしかった。さらなる記憶は、殺されるアイちゃんと殺人犯大山金太郎の間で一瞬語られる、「海が見たいと彼女は言う」（と記憶。実は高校生のときに私は文芸部の雑誌に同じような詩を書いたことがあるから覚えている。類似性は偶然と思うがアレ？　とは初見で思った）以下のセリフの束の間の抒情性と、安堵と息抜きであった。当時、もちろん熱海という地については温泉宿で有名な地ということと、金色夜叉の「寛一お宮の二人連れ」の記憶くらいしかなかった。その中でのこの一瞬の抒情は何であったか？　と今、思う。

二度目の二〇一八年三月の同じ紀伊國屋ホールで上演の当作（CROSS OVER45企画、演出岡村俊一）は今でも記憶に残る上演であった。ひさしぶりの新宿東口、ひさしぶりの紀伊國屋ホール（今、私は、本はほとんどオンラインの通販で中古を探す）であったのでうろついたが、なんとか思い出してエレベーターでホールのある階まで辿り着いた。まず気がついたことは、上演を待つ観客層の年齢が、かつてと異なり、かなり年配の男女が多くなったことであった。白髪、黒白のごま塩髪の人たちもいた。これはおそらく、かつての若かったつかこうへいの観客がそのまま年齢を重ねて老人となったのであろうという憶測と、彼はすでにアングラではなく正統な現代戯曲のメイジャー側の系譜に入り、したがって劇評家を含む年配の演劇人も来ていたのであろうとの憶測である。この二つの上演の間につかこうへいは直木賞を受賞している。そして、彼は実は本物の韓国名、韓国籍を持っていたということをこの時点では公表していて周知であった。そして、すでに他界している。ゆえに当上演は作者の死後の公演でもある。それは、つかこうへいの名声と大衆性が、死後もなお、否、死んでしまったゆえに、なおも受け継がれているということであろう。そう考えれば、彼の大衆性はお勉強赤毛演劇アカデミズムを芝居小屋（大衆性）に転じる、一つのアンチテアトル、アングラ劇団の目標の成功とも言える。

この演出（岡村俊一）の印象は、大山金太郎の捜査尋問で語られる官憲、木村伝兵衛部長刑事（東京警視庁）の見事な意地悪さと権威誇示、鋼鉄のように冷酷な日本官憲の演技であった（彼は大山金太郎に靴を磨かせた）。韓国籍を告白されれば、いやおうなく劇中の東京と地方（福岡、富山、熱海）の対比は日本近代と当時の韓国（当時である。今は東京よりハイテク）の対比と見える。ゆえに、本劇の演出は徹底して東京＝近代日本の傲慢さとアジアの弱者への威嚇ぶりを、韓国側から十二分に訴えた名演出となった（「かつて韓国人には日本の官憲はこう見えたんだな」との横の夫の言あり）。そう考えると、殺人犯人大山金太郎の捜査尋問の経緯で浮き上がる、貧困と束の間のアイちゃん（水野朋子婦人警官と二役）のトウキョウ浅草での（下積み売春の）苦難、貧しさ、つらさ、そして束の間の二人の熱海行きは、束の間の二人の息抜きとして際立った。本演出では、熱海の海岸と目される場で、二人はそろって遠くを見つめる演技で「海が見たい」のセリフを語った、というよりも歌った（アイちゃんを演じたのはAKB48の木崎ゆりあ）。これは今、日本人である私には記憶に残る。貧困と売春と近代日本の彼らへの暴力の告発の中で、束の間弱者が見せる抒情と希望、救いの希求と映じた。二〇一八年三月と言えば、日韓関係が相も変わらず慰安婦問題と徴用工問題で揺れていた時期であった。生前のつかこうへいの暗黙の告発と抵抗は、日本のアングラ演劇人に受け継がれた、見事、今その感想がある。

二〇一九年十二月十二日、北区の北トピアペガサスホールで観劇した『熱海殺人事件』は、一つの劇にはいろいろな演出がある、というあたりまえなことを改めて実感した舞台でもあった。またつかこうへい自身、いろいろな版を用意、使用したようである。幕はなく裸舞台で劇が始まるが、劇の最初にチャイコフスキーの「白鳥の湖」がダイナミックに、耳にうるさいほどにガンガンと響き渡った。もちろん皮肉の演出であるが、ほかにも音楽を多用したこの演出（中野達仁）の印象は、日韓関係への揶揄（やゆ）を含む本劇の筋に音楽をかぶせながら強調し、あるいは悲惨に息抜きを与えながら、最後に東京警視庁の具現、木村伝兵衛部長刑事が観客と、彼を去る水野朋子刑事を含む登場人物に向かってやさしい表情を見せる演出となった。その代わり、熱海の場での犯人、大山金太郎（尾崎大陸（りく））とアイちゃん（井上怜愛（れいあ）・水野朋子婦人警官と二役）の二人の会話に「海が見たい」の抒情は抜かれたか消された？　が、二人の貧しさと、殺されるアイちゃんの浅草での底辺の生活苦難が強調された。その結果、殺されたアイちゃんは木村伝兵衛部長刑事にパワハラを受ける水野朋子刑事と同じく、日韓の国境を越えた女性の苦難として重なり、富山を代表する熊田留吉刑事（小山蓮司）の、玉の輿（こし）に乗るために捨てる愛人と母親の苦難の叙述とも重なった。すなわち、東京―地方（福岡、富山、熱海）、日本の驕（おご）り（日本近代）――日本の貧困の対比が日韓関係を越えて、女性問題をも含むより普遍的な弱者、東アジアの状況への告発、やさしさと和解への希求として、ジャズを含む音楽の曲とともに浮かび上がった。最後に登場人物すべて仲良くジャズダンス。現在の時点での日韓の友好を希望として強調した。楽しくダイナミックに終わった演出であった。

芝居がはねたあと、劇場ロビーに出ると今まで舞台上にいた俳優さんたちが普段着で観客を迎えていた（早変わりに驚く）。木村伝兵衛部長刑事を演じた時津真人（まさと）さんに挨拶、会話。やさしい刑事さんで嬉しかったと申し上げた。劇中で示される東京と地方との対比、それが原作者の中では日本と韓国との対比として意識されていたことに関しては、時津さんはよく理解していた。「ヘイト・スピーチ、差別はありますからね」とのお言葉。さすがだな、との印象であった。ペガサスホールがある九階からエレベーターで下がり、外へ出ると夜が迫った。珈琲でも飲もうかとあたりを見回したが店はほとんど閉まっていたので休まずに帰ることにした。かつてのアングラ、今御大。これは彼にも当てはまる。その印象も受けた。一方では、彼を逆にぶち破る、若い、新たな文化人の出現を期待したい、地下鉄の駅の階段を下りながらそうも考えた。

東京北区はつかこうへいが生まれた地でもある。また北トピアは都営地下鉄南北線の駅からすぐの洒落た高層建築でもあり、北区が助成する総合文化施設である。紀伊國屋ホールと北トピア、どちらがつかこうへいの本拠地か？　とはむずかしい問題ではあるが、北区はつかこうへいを文化人として大事に保存している、育成している、文化人支援はさすが、そうも考えた。

水崎野里子ホームページ http://www1.odn.ne.jp/~cat32320

佐藤信脚本、エドワード・ボンド原作戯曲『男たちの中で』

東京「座・高円寺」にて

久しぶりの高円寺であった。久しぶりの佐藤信であった。初めてのエドワード・ボンドの観劇であった。今、その感慨を噛みしめている。だがどう書くか？　この思案にしばらく留まった。

パンフレットを見てエドワード・ボンドの芝居『男たちの中で』の切符を買ったのは、二人の名前がやはりなつかしかったからでもある。佐藤信の名前は学生時代のキャンパス内のタテカンでしばしば見た。すなわち彼は、安保闘争の一九五九年から一九六〇年を経て、一九七〇年（自動継続に至る時点）、そして同時に東大闘争（一九六八〜一九六九年）が全国の学園闘争に拡大して混乱を迎え、新左翼の分裂と壊滅を迎える一九七〇年代前半（浅間山荘事件は一九七二年二月十九日から二十八日）に活躍を始めた当時は若手の劇作家であり、その活動が現在にまで至っている息の長い劇作家、演出家である。見事と私の興味を引いた。

当時、「状況劇場」（唐十郎）、「自由劇場」（清水邦夫、佐藤信、串田和美など）、若手演劇人による「アンチテアトル」運動（芸術運動？　政治活動？）に、まじめな大学生になりたてだった私は初め戸惑ったが、かつて「黒テント」の上演で（のちの勉強のために）たまたま見た（場所は新宿の花園神社境内だった？　と記憶する）、阿部定を主人公とした佐藤信の芝居のエロスと反抗の美学の見事さの記憶が残る。今、ネットで調べると、題名は『阿部定の犬』であり、主演は新井純（彼女、当時は若くてきれいな女優さんだった）で、彼女は一九七五年の第十回紀伊國屋演劇賞主演女優賞を受賞した。さらに「黒テント」（黒色テント、との記載もある）の佐藤信の代表作、とある。彼は「喜劇昭和の世界」のシリーズとして上演した。音楽劇（オペラ）としての上演であり、音楽はブレヒトの『三文オペラ』のクルト・ヴァイルの音楽を踏襲したとあるが、音楽までは今、記憶にない。記憶に残っているのは、くどいほどの阿部定のエロスのセリフと、最後の場面で新井純（阿部定役）が和服に絵日傘で傘をクルクル回しながらひょいと観客に背を向けて退場する場面である。

その「日本性」は鈴木忠志や蜷川幸雄、唐十郎などの舞台にもある。それは、若い演劇人による、かつては前衛運動と認識された日本古来の芸術性の奪回でもあった。彼らはすなわち、築地小劇場以来の日本正統「新劇」ライン（西欧性遵守志向、赤毛芝居）のお勉強主義と高級紳士淑女ぶりに反抗した。

佐藤信の上演リストの中に『おんな殺し　あぶらの地獄』（初演一九六九年）と『鼠小僧次郎吉』（一九七一年）がある。自由劇場時代である。私は当時早稲田の学生だったはずだが、残念ながら見ていない（大学のロックアウトの合間に上演した？　とすれば見事である）。二作とも歌舞伎、文楽などの古典演劇を基盤としており、前者の原作は近松門左衛門（一七二二年）、後者は翻案が多数あるが、歌舞伎としては河竹黙阿弥が『鼠小紋東君新形（ねずみこもんはるのしんがた）』（一八五七年、安政四年）として上演した。佐藤信の戯曲翻案の方は二作とも有名な演劇賞を受賞している。歌舞伎の大衆性と伝承性、文字通りの戯曲性（戯作性）、音楽性（オペラ性）、ドラマ性（葛藤性）を現代に引き継いだ若手前衛劇作家の見事な作であった。

これだけ日本で演劇賞を受賞したり世田谷パブリックシアターの芸術監督（一九九七〜二〇〇二年）などに就任すれば、周囲から期待されるわけである。海外交流にも従事する、とすればやはり新たなステップを辿らなければならない。世田谷パブリックシアターで見たサミュエル・ベケットの『ゴドーを待ちながら』は、佐藤の演出であったはずだが今はどう演出したかはあまり覚えてはいない。ベケットのこの劇に関しては、蜷川幸雄と串田和美の演出が強烈に記憶に残っているせいであると反省する。その点で、エドワード・ボンドの「座・高円寺」での佐藤信の脚本・演出はやはり書かなければならないだろうと思う。

エドワード・ボンド（イギリス、一九三四年生まれ）の名は私が早稲田の大学院で英米のドラマのゼミに在籍していたときに知った。当時はイギリスで新鋭だった彼を教えてくれた先生（故人・アメリカ国籍）にはやはり今、改めて御礼を言いたい。いまだ日本では上演されていなかった時期であった。ボンド（以下こう呼称する）の『奥の細道』（Narrow Road to the Deep North）という芝居は、芭蕉の旅を翻案した劇でまず私の興味を引いた。旅の途中、芭蕉は捨て子の赤ん坊に嘆く。イギリス人としてのボンドの、芭蕉の英雄的な捉え方と奥の細道の貧困理解をさすがと思った。他に『早朝』（Early Morning）、『救われた』（Saved）など。英語でサーチしたウィキペディアによると、ボンドは労働者階級出身であり、『戦争三部作』（The War Plays）など、題から推量するとかなり政治的な傾向を示すようである。

現在、安部公房が演出した、ゆえに、日本の新体詩団体では今のところ「シュール」と呼ばれるであろうハロルド・ピンター、そしてサミュエル・ベケット『ゴドーを待ちながら』のように、当時演劇プロパーの世界では「不条理演劇」と呼ばれていた西欧芝居の日本の受容は、日本の古典芝居への回帰成功をも含めて、佐藤信を始めとするいわゆる「アンチテアトル」の活躍で成就する。だが、それ以後のイギリス正統演劇の受容は日本ではなされていないわけではないが、いまだ明確に一般には認識されてはいないように思う。今でも人気の寺山修司、つかこうへいと野田秀樹の活躍は、やはりアンチテアトルに属する。

すなわち、日本では現在、いまだ一般的には、イギリスほどには政治的、あるいは状況的な作品に注目は無理のような気がする。芸術とは思われていないような感さえもある。だがイギリスではエドワード・ボンドが、いわゆる「シュール」と不条理演劇流行の時代の以降、その先を行くものとしてすでに出現していたことは明言したい。劇に政治性と状況性を堂々と出し、あるいは出す作品を評価するのは、やはりイギリス演劇、文化の固有性の強さだと思う。ロイヤル・シェイクスピア・カンパニーが上演している。シェイクスピアの国だ。その伝統ではないか？ その感がある（だが、日本には歌舞伎の「時代物」―歴史劇の伝統がある）。

戦争と王位をめぐる骨肉の確執は、シェイクスピアを見ていればイギリスではむしろ正統なイギリス演劇の伝統の継承と見るだろう。ボンドは、湾岸戦争（一九九〇～九一年、イギリスはアメリカ側に兵士を派遣）を含む、英米主導の戦争状況の批判をドラマの形で掬い取った。日本初演と銘打たれたエドワード・ボンドの芝居『男たちの中で』（IN THE COMPANY OF MEN、イギリス出版、一九九六年、二〇一九年十月十八日～二十七日日本上演）は、一言で言えば反戦劇であり、反戦の主張の中にシェイクスピア『リア王』に見る骨肉の争いをドラマ化した。佐藤信の脚本（翻訳は堀切克洋）は原作を簡略で的確な意味を伝える日本語に転換した。

ついでながら。当日劇場でいただいたパンフには、劇のテーマは「一枚の契約書で男たちの運命が変わる現代の非情さ」と書いてあったことは付け加えたい。これも確かなテーマの一つでもあろうからである。

父親オールドフィールドは長男ウィリーに会社の所有権を引き渡す。劇の主人公となるレナードはウィリーの弟であり劇のパンフにはオールドフィールド（社主）の養子と書かれている（だが、シェイクスピア『リア王』中のエドマンドにあたる、グロスター伯の庶子、本当の息子ではないのか？）。レナードは本劇の中心人物の扱いであるが、私の観劇中の疑問は、第一に、現在のイギリスの民法、あるいは相続法は長男相続ではないのではないか？　あるいは、レナードは養子と言われても相続権の主張は可能で合法であるのではないか？　という疑問であり、第二に、シェイクスピアの『リア王』の骨肉の相続悲劇の脇筋で、グロスター（伯爵）は長男エドガーよりも次男（庶子）エドマンドの方に愛をそそぐ。ボンドはシェイクスピアの『リア王』の、グロスター（父親、オールドフィールドにあたる）の二人の息子、正義の士として示される兄エドガーと弟の策士エドマンドを暗示しつつ、兄ウィリーの方を冷たい策士、弟（養子）レナードを父への情愛に満ちてはいるが理解されないで排斥される不運な男に変換した。ウィリーは弁舌巧みでなんの障害もなく会社相続の契約を与えられる。相続契約の不法を訴える父親思いのレナードの言は聞き入れられず、自殺という形で「会社」の非人間性を告発する。レナードの不満、父親の頑固さ、そして父親を巡るビジネスマンたちの非人間性がドラマを進行させていく。やや単調であるが、最後のレナードの自殺の（あるいは自殺させられる）演技は観客の興味を引き付ける（見ていてはらはらした。大丈夫？ 失敗しない？）。

劇は男たちしか出て来ない。リアリスティックなセリフも現代の服装も政治劇には適当であるかもしれない。だが、しばしば単調に見えた。テレビドラマのようでもあった。そして、真のテーマであろうと私が思う、武器製造会社のビジネス、契約、相続の不手際に伴う非人間性への告発が、真剣に劇を演じようとしている俳優さんたちのまじめさが逆効果となって、あまり観客に伝わらなかったように思う。COMPANYを会社と訳さずに「仲間の中で」と解釈した佐藤信の工夫はわかる。今の日本では、はっきりと戦争反対を言えなくなった状況変化もわかる。だが、あくまでドラマは芸術である。いささかの遠慮が、原作にある「武器会社」への告発が観客に明確には伝わらない結果となった。私の理解力が不足していたためかもしれないが、レナードの首縄自殺演技と、舞台上から幾重にも垂れたロープのダイナミックな舞台装置の芸術性が、武器会社への告発より、日本的なレナードの死の賛美と受け取られかねないと思った。またカンパニーを（戦争）会社、すなわちイギリス国家と観客にはっきり伝え得なかった翻訳劇のむずかしさを思った。ただそれは解釈の問題でもあろう。

一九六〇年代から七〇年代の日本の政治背景を生きて、素晴らしい反抗の劇『阿部定の犬』を書いた佐藤信が、同じく現代の世界状況を背景とするエドワード・ボンドの芝居に挑んだことは評価する。イギリス正統英語劇であるエドワード・ボンドを選択したことは、さすがと賞賛したい。今後のさらなる挑戦を期待する。戦争三部作への取り組みも含めて、政治、社会状況告発の根本姿勢は佐藤信にあってはいまだ衰えてはいない。アンチテアトルからイギリス正統英語劇へ。時代、世界状況とともに歩む彼の国際性を期待したい。

（二〇一九年十月十八日観劇。「座・高円寺」にて）
初出「ＰＯ」一七六号　二〇二〇年二月）

『楽屋』の東京・下北沢

清水邦夫脚本、金守珍演出、新宿梁山泊第六十六回公演

久しぶりの下北沢でいささかうろついた。ザ・スズナリへ行ったのは初めてではないはずだ。だがこのごろは詩人業の方が先行し、ザ・スズナリにはそうたびたびというわけではなかったと言い訳する。おまけに駅前は工事中。帰りに「下北沢阿波おどり」の旗を見て、そうか、夏祭りかと合点した。そういえばひどく暑い日であったが、浴衣姿の子供たちや若いお姉さんの団扇持ちのそぞろ歩きを見た。だがそれが下北沢町内の夏祭りであったと気づいたのは、芝居がはねて帰りの道のりであった。

本多劇場の脇の小道を辿り、コンビニの脇を出ると大通り（だが少し広い通り。東京である）に出た。記憶が蘇った。左手遠方にザ・スズナリと書いた看板を見た。安堵して歩いて行く。錆びた鉄製の階段を上ると劇場の入り口があった。切符をすでに持っていたので「どうぞお入りください」とのこと。劇団員が観客案内もしている。G列は入り口からすぐそ

ばの列であった。だがほぼ真ん中の席であった。劇団員のおにいさんが「荷物を預かります」とのこと。行き届いている。私が運んでいた小さくはないハンドバッグとリュックサックを持ってくれて、番号札を渡してくれた、十五番と書いてあった。助かった。小劇場であることを考慮せずにいつもの荷物をふいと買い物に出かけるがごとく持って来てしまった。確かに、前列と居並ぶG列の席との間の通路は狭い。置き場はない。置けば、席に着こうと前を歩く人が歩けない。トイレを借りてから来た夫はぐるりと回れ、との指示。夫は右から来ると思い、私は切符の席番号の一つ向こうに座ったが、左から夫が来るので本来の右席に移り直した。

　早くも舞台は明るい。何だ？　と思ったのは、舞台奥中央に大きな鏡があったことである。すなわち我々観客を映し出していた。舞台奥、右側に衣類がハンガーにぶら下がる。左側には大きな洋風の鏡台と花瓶、電話機？　だったか？　いわゆる小道具類がごちゃごちゃと積んである。見下ろし式の舞台の両側には小さな卓が二つあり、芝居が始まると（幕はない）、二人の俳優さんが観客に向かう姿勢で化粧をしている。すなわち、舞台上は楽屋である。二人の俳優さんは女優さんであり、観客の面前でメイクをして鬘（かつら）（いくつか使用。金髪鬘もあり）を被り、ハンガーから衣装を取り出して来て舞台上で着替え、会話の中に芝居を重ねていく構造である。「芝居」というのには説明が要るだろう。女優さんが舞台上にいるのはすでに芝居である。その中で自分たちの好きな「芝居」を断片的に重ねていく構造、いわゆる「劇中劇」の形式である。虚構の芝居が幾重にも重なり合いながら楽屋内で進行する。だから題名は『楽屋』となる。観客はゆえに舞台上では、楽屋という普段は見えない空間と場所を見届けることになる。舞台裏が表へ出たわけである。だが同時に奥舞台にしつらえられた大きな鏡に映る、観客の役割も演じることになるわけである。

劇作家は清水邦夫である。彼の名前はかつて早稲田の学生であったころ、佐藤信の名とともによくタテカンに見た。私の場合は、一九六〇年代（安保闘争世代）は過ぎた七〇年代前半（東大闘争世代）であった。小劇場が運動であったころ、サークル活動の学生劇団（「自由舞台」は学生劇団である）で人気の劇作家であったようだ（ようだというのは、この私が彼の名前を憶えている）。なんだかなつかしかった。驚いたのは、劇進行の初めに、そのなつかしいというセリフが出たことであった。今、持ち帰った芝居のパンフを見ると、「流れ去るものはやがてなつかしき」と書いてある。なんだ、劇のテーマか？　とも思ったが、やはり今私たち（夫婦）が再び芝居見物にバックしたのは、なつかしかったからである。小劇場運動としてはのちに大御所、拠点となった早稲田小劇場の『劇的なるものをめぐって』（鈴木忠志）のラインだなと思ったのは、やはりなつかしかったからであるのと、同じ劇中劇形式で俳優が芝居の断片を次々と演じ分けていく構造が似ていたからであろう。芝居の筋はゆえにない。ないのが筋である。いわば断片、コラージュを重ねていく構造である。当時は俗にアンチテアトルと言った。

なつかしかったものはまだある。二人の女優さんの会話（渡会久美子、三浦仲子）、そして中途から、『かもめ』のニーナを思わせる若い女優役（清水美帆子）か女優志願役が出てくるが、その二人と三人の芝居として舞台上で交わされる会話の中に、久しぶりにチェーホフの『かもめ』とシェイクスピアの『マクベス』のマクベス夫人のセリフが、非常に訓練された発声で聞くことができたことである。三浦さんの（太って丸顔の）マクベス夫人の地獄のセリフは久しぶりにドラマティック、見事であった。渡会さんは、初めは男か女かわからない浴衣姿でメイクしていた。やがて裾をはしょって見得。浴衣下には黒いタイツ（これは日本語では何と言うのか？　脚絆ではない）、左額に傷。これはのちの金髪の鬘と赤いビロードのガウンとともに、演じる芝居、劇中劇の中のメイク、扮装であるとあとでわかった。目まぐるしく動く舞台上、楽屋セットでの女優さんたちの会話の中で、ながらく忘れていたシェイクスピアとチェーホフに劇中劇（芝居の中の芝居）の形で出会った。三者ともいかにもなつかしい。なつかしかった。

疑問点がある。芝居の中途から出てくる若い女優志願に、「あんたなんかに芝居ができるか」と二人の年配女優はたしなめる（『かもめ』のニーナは劇作家のトリゴーニンを愛して捨てられる娘である）。——また、「作家に会った」という彼女に、「なに？　あんたなんかに作家が会うはずはない」と言い返す女優役の渡会さんのセリフから三人芝居が始まるが、興味を抱いたのは「女優というのは頭の毛穴が全部引き締まる（？）ほどに厳しい」というような（ような、というのは今正確に覚えていないからである。だが日本語離れしたセリフであるので覚えている）、渡会さんによって述べられたセリフである。これはチェーホフの『かもめ』の中の現物のセリフか？　女優間で交わされる会話としてのセリフか？　清水邦夫の台本はすでにもう舞台上の彼女たちのセリフが現実か非現実か区別がつかないような出来を示す。チェーホフの奥さんは女優であったオリガ・クニッペルであったはずだ。女史が実際に述べたセリフか？　一方では銃で撃たれて死んだカモメへの言及があったのには驚いた。これはチェーホフの実際の筆にある。そして今、三人の女優さんが舞台上に並び、互いの腕を互いの腰上に回しながら観客に向かって述べたチェーホフ『三人姉妹』のラストのセリフの記憶がある。

芝居は要するに、脚光を浴びることを夢見ながら、舞台袖に消えてゆく女優志願の運命を描きながら（ニーナだけではない）、舞台に出て脚光を浴びる（実際の観客に背を向ける）前の女優の生活の舞台裏を、日本の小劇場の名もない（失礼！）女優に演じさせ、彼女らにチェーホフを、クニッペルを、シェイクスピアを、マクベス夫人を演じさせた（失礼ながら、下積み役者に）。愛情深い作品である。年配の熟練女優を演じる二人の演技はよく訓練のあとを見せ、ダイナミックなジェスチャーと朗々と響く発声を含めて、見事であった。疑問はもう一つあった。彼女たちのセリフに伴うダイナミックなジェスチャーは日本の伝統演劇法の借用か？　この疑問は、かつての小劇場運動は日本の伝統演劇のコラージュ演技（『劇的なるものをめぐって』の包丁の白石加代子の南北など）も、成果として実験した、当時の前衛運動の一つでもあったからである。モスクワ芸術座のスタニスラフスキーの演技法は、情熱を押さえる指示で、見得を切る演技法ではなかったはずだ。だが最初に芝居が始まる前の空（から）の舞台を見たときの印象、舞台装置（背景）の詳細な自然主義の意外さは、チェーホフの実際の時代背景に応じる。朝倉摂などの抽象的な舞台背景に慣れた我々老人には逆に新鮮であった。

舞台背景の自然主義は、私に十年くらい前にアイルランドのダブリンにあるアベイ座にたまたま潜り込んで見た、オスカー・ワイルド作の『ウインダメア夫人の扇』を思い出させた。実に綿密な舞台装置、背景で芸術的効果は多大であった。多大な資金であっただろうと同情した。だが、舞台装置とオスカー・ワイルドの名にばかり胸がときめいて女優さんが誰であったか？　観客は笑ったのか？（本劇は喜劇のはずである）、などの記憶は今は残ってはいない。衣装も扇も黒であったことは覚えている。演技法はやはり自然主義的であったのであろう。特に印象はないからである（レヴューのようにもう少し大げさに扇を振ったら？）。だが、それがイェイツの劇場で演じられたことには、今、正否双方の思いがある。またそれゆえに、逆に記憶となって残ったわけではあるからである。地味な衣装と扇の黒が映えた。

清水邦夫の脚本である『楽屋』は、舞台裏を表として見せた工夫の芝居である。アンチテアトルである。だが、意外と古典的だと考えたのは、シェイクスピアとチェーホフをはめ込んだからである。だが、正統的な筋としてではなく、筋を断ち切った、コラージュと呼ばれるかつての前衛形式で。

清水邦夫の名も、南北をはめ込んだ鈴木忠志の名も、今は前衛ではなく御大だ。彼らは御大にふさわしい劇作家の面目を示した。新宿梁山泊は息が長い。かつての前衛劇を、日本の古典現代劇としていまだに演じている確かな劇団である。新宿の花園神社にも再び帰った。

流れ去った時代は、今はなつかしい。シェイクスピアとチェーホフの二人は、日本の近代劇の出発点であった。流れ去ったものはもう帰らないのか？

「もう少ししたら
なんのために
私たちが生きているのか
わかるような気がするわ」（上演用ちらしに引用）

「それがわかったら
それがわかったらね」

これは原作ではオリガ一人のセリフである。清水邦夫はこのセリフを前述のスタイルで、三人の女優さんにそれぞれ語らせた。登場人物を三人の女優さんにした理由がわかった。遠くなったチェーホフが今、一瞬、帰って来た。演出は金守珍。彼の名はこのごろ見る。清水邦夫はより若い劇団員に受け継がれた。小劇場用のコラージュで。当時のアンチテアトルのシュール技法もなつかしかった。

（二〇一九年八月十日観劇）

（初出「ＰＯ」一七五号　二〇一九年十一月）

Ⅳ　海外詩の中の家族

父の力・土地の力

——農民詩として読むシェイマス・ヒーニーの詩

はじめに

シェイマス・ヒーニー（一九三九～二〇一三、アイルランドの詩人）の詩の中で、農作業の描写と次いで農作業に従事する詩人の父への言及は私をなぜか惹きつけた。まず「掘る」という詩は農夫たちのジャガイモ掘りという畑仕事の描写である。この詩は詩人の第一詩集『ナチュラリストの死』の冒頭に早くも示されている。男たちが畑の畝（うね）に並びジャガイモを収穫していく姿を描写する。アイルランドではジャガイモはかつては主要なアイルランド人民の食糧であった。またかつてアイルランドではジャガイモ飢饉（ききん）と呼ばれた大飢饉もあった。ゆえに詩人の目論見は最初から明らかである。畑仕事と農夫であった父親を起点として自分の生まれた土地、北アイルランド（国籍イギリス）*を描くこと。それは、ヒーニーの詩の創作作業の中で最後まで一貫するテーマであり続ける。だが詩人は詩の最後を次のように終える。

私の人差し指と親指の間に
ペンが屈みこむ
私はこれで掘ろう

（詩「掘る」より）

ジャガイモを掘る農作業の男たちの中にヒーニーはいない。だが彼は鋤ではなくペンで掘ることを宣言する。宣言というよりはそれはむしろ若かった詩人の、詩をこれから書き始めようという抱負であったに違いない。詩人は再び「後継者」という詩の中で自分の詩人という仕事を農民であった父親の後継者と位置付けている。ヒーニーはもちろん、父親の畑仕事を継ぐわけではない。だが、詩作によって継ぐ。すなわち彼は畑（詩人の生まれた北アイルランド）を掘り（探求し）、詩という収穫物（ジャガイモ）を掘り出すことにあると語る。若かった詩人の自負と野心と認識である。なおジャガイモはかつてアイルランド人民の主食であり、イギリス人はパン（小麦、大麦）を好んだとの記載も読んだ記憶がある。念のため申し上げるがコメ主食ではない。

＊　イギリスという呼称は和名である。正式名は日本語ではグレート・ブリテン及び北アイルランド連合王国（United Kingdom of Great Britain and Northern Ireland）、略してＵＫという。ちなみに、日本ではイギリスをイングランドと呼ぶ習慣があるが、イングランドは正確にはロンドンが位置するＵＫの一地方を意味する。

1

ノーベル賞を受賞した詩人、北アイルランドの農民（貧農）の息子であった詩人シェイマス・ヒーニーの影響は、日本において顕著ではないが地下水のように浸透しつつあるというのが現在の時点での私の感想と御礼である。庶民を、弱者を、「小さな人々」の光を描く、告発する、これは世界文学の定型の一つであり続けていることは言うまでもない。現代アイルランドの詩、特にＷ・Ｂ・イェイツ以後の詩は、その中核に常にこの「小さな人々＝アイルランド人民」（長らくイギリス植民地、北アイルランドは今もイギリス国籍）の告発と夢と理想とを追って来た。北アイルランド出身の農民を父に持つヒーニーの詩は、アイルランド文学の中でも世界的にも、現在におけるマイノリティ詩の代表的な役割を負っている。

一方では、ヒーニーの詩を歴史的な俯瞰で見れば、以下の背景が現れる。まず、産業革命により逸早く工業発展を迎えたイギリスは、工業労働者の増加に伴い原料の生産、輸入と食糧生産の農業労働者とのバランスをどう取ったか？　との疑問があるだろう。工業労働者の食糧価格は押さえた方が得策である。それは農業労働者には犠牲を強いることになる。データによれば、一八四六年にイギリスは穀物法の廃止に踏み切った。そして従来の保護貿易から自由貿易へと転じた。その経緯の中でアイルランドの農業は例のジャガイモ飢饉被害もあり、大麦、小麦、ジャガイモなどの作物収穫量は削減されて行き、食肉用の牧畜農業の拡大に移行して行った。その結果もあり、アイルランドの農作物生産は海外へ輸出する量には達せずに国内消費を満たす生産量であった。だがイギリスは自国の農業政策に効率的な生産方法を導入させ成功させた、との報告もある。ヒーニー親子が住んだ北アイルランドの農業生産は、ゆえにその「国内消費」――すなわち、まずはイギリス本土と、次いでイギリス領下の北アイルランド人民の消費のための収穫を期待されたわけである。だが「効率的」であったか？　ヒーニーの父親の農作業は北アイルランドの田舎に住む農夫による、むしろ伝統的、古典的な作業のように息子ヒーニーは書いている。

現在、北アイルランドの地を抜いたアイルランド島南部をアイルランド共和国という。アイルランドは過去に何度もイギリスからの独立蜂起を試みて来た。アイルランド共和国の成立年には少なくとも二つの説がある。一九一六年のいわゆる「復活祭蜂起」の六年後の一九二二年のアイルランド自由国宣言の年と、一九四九年のアイルランド共和国の独立宣言の年である。だがいずれにしろ、現在でも北アイルランド（アイルランド共和国と地続き）はイギリス国籍、イギリス支配として依然残った。残る。ゆえに以降も引き続いてこの北アイルランドの独立を巡る確執がアイルランドの詩人の間でテーマとなり続けるだろうという予測はある。一説にはかつて農業生産のためにアルスターにやって来たスコットランド、ウェールズ、イングランド移民間での混血が進み統一も分離も困難になっているという現状維持派（ユニオニスト）の意見もある。ヒーニーは、その北アイルランド紛争問題においては分離派の戦線に立つ筆頭の一人でもある。アイルランドの豊富な神話を蔵する地、アルスターの九の州のうち六州が北アイルランドに属している。彼の描く北アイルランドの故郷デリー州モスボーンの思い出は、ノスタルジアの甘いオブラートに包まれる。ヒーニーの「アルスターの黄昏」という名詩は、北アイルランドにおけるカトリック系の「僕」とプロテスタント系のおにいさんの相克と友情をノスタルジックな思い出風タッチで描いている。ヒーニーの実際のお人柄は、温和そのもののように感じられる。日本の詩人や研究者とも交友は多かった。その広さと温厚さが、一種の静かな祈りとなってヒーニーの詩の一つの魅力を形作る。彼の心の広さとやさしさと温和性が、アイルランドとイギリス二国間ばかりではなく現在の世界情勢の中で、新たな未来を作り出していくことを祈りたいが、その本音は自分たちの被圧制の歴史への告発と、父への追悼で示される、いわば失われた国への挽歌でもある。それは抗議というよりもむしろ悲しみとして示される。
　北アイルランドにおけるその経緯の中、さらに一九九六年のベルファースト合意がある。合意は、北アイルランド議会にアイルランド共和国側と北アイルランド議会の代表が共に参加することになる和平交渉の成立であった。一応の見事な進展であるが、だが事は期待したほどそうたやすくはないようではある。そしてイギリスの首相が主張するユーロ同盟からのイギリス脱退問題がある。スコットランドのイギリスからの独立を阻止したイギリスは、ユーロ同盟からのＵＫ（連合王国）の独立を図る。かつてサッチャー首相はデリーにて、アイルランド系の人々のデモ行進に空挺隊をベルファーストから発進させ、全員に発砲、殺害した。その中には子供もいた。犠牲者は十四人とも十五人とも言われる。彼らは城壁の外、駅に近い倉庫を展示場として使用し観光客に当時の資料を閲覧させている。

　イギリス（ＵＫ）はかつては、アイルランドのほかにインド、アメリカ、アフリカも含む巨大な植民地を持っていた。歴史的には、かつてのイギリスへのアメリカ南部の綿の輸出（南部はアフリカから強制連行の奴隷を労働力として雇用）やアメリカ産の茶の輸出のインドとの確執（ボストン茶会事件）の歴史事件もあり、やがてアメリカはイギリスの一方的な貿易政策に反抗してアメリカ独立戦争に突入する。アイルランドもかつてはこのイギリスの植民地間の経済闘争とフランスなど他国との自由貿易政策とは無縁ではなかったはずで、何回かの独立蜂起があった。その経緯の中で、ヒーニーの父親は畑で黙して作物の耕作労働に従事し続けた。息子はその父の沈黙の背を見て育つ。父の追悼の詩を、小さき人々の小さい提灯の光として書き留めた。詩集題名は『サンザシ提灯』とある。

アイルランドにおける抵抗と独立のテーマではすでにW・B・イェイツがいる。彼の詩は一見美しい。だが彼は続くアイルランド詩人にアイルランド文学の伝統の依拠点を常に寄与して来た。イェイツの方法は、アイルランドの民話と神話の収集と作品化（戯曲化。日本の能を参考）と、次いで巧みな音韻を駆使した告発の叙述である。それをヒーニーは微妙な形で受け継いだ。ヒーニーの武器は、ユニークな詩語選択と巧妙な詩文（ヴァース）で、北アイルランド、アイルランドの卑近な日常的なものたち、家族や親類、出会った人々などの親しい言及を取り上げ、詩に綴（つづ）り上げた点にある。その手段でアイルランドを表現しようという意気込みは詩人の詩の個性と化す。そしてイェイツと同じく、自分のトポスとルーツとアイデンティティを執拗（しつよう）に持続して探求した。そしてしばしば歴史的な事件――テロが多い――への巧みな暗喩描写を提示する。それらはしばしば巧妙な押韻効果により一種不思議な、ヒーニー独自の抒情性とノスタルジアに包まれる。

ヒーニーにおいて、自分が生まれた地、故郷（北アイルランド、デリー州モスボーン）はいわば詩の創作の出発点であり帰点であった。彼はその地を掘り続けた。詩人はダブリンで没した。ダブリンの病院で死去したからである。だがダブリンは他方ではジェイムズ・ジョイスの小説『ダブリン市民』の舞台でもあり、バーナード・ショー、サミュエル・ベケットほか多くの文人が滞在した、あるいは住んだ場所でもある。またダブリン大学のそばの中央郵便局は、かつて一九一六年にアイルランド義勇軍により蜂起軍が立てこもった場所である。蜂起軍は全員即捕縛、処刑された。俗に「復活祭蜂起」と呼ぶ。早速抗議の詩を書いたのはイェイツであった。これは有名である。私が訪れたときには郵便局内にアイルランド神話の英雄、クフーリンの像が飾ってあった。クフーリンはイェイツの戯曲の中に頻繁に出て来るアイルランドの英雄である。ヒーニーはその地で他界した。

2

詩人の父はアジアの畑仕事にも通じる素朴な耕作法を誇りに思い、熟練の農夫として生き、死んだ。ヒーニーはその父の生涯をあくまで「小さな人々の小さな光」として、だが誇り高く詩にとどめたが、それは、逃げも隠れもせずに故郷の歴史を辿り、自覚し、新たに確認する仕業となる。それは、アイルランドでどこにでも見かけるような一人の農夫、モスボーンの田舎の一人の農夫を、永遠に英雄に昇華させて歴史にとどめることでもある。それは、小さき者、マイノリティであるという、自分たちに与えられたハンディをひっくり返す強靱な精神だ。ちなみにヒーニーは九人兄弟姉妹の一番下の生まれである。ただ一人大学を卒業した。だが兄弟姉妹より畑仕事の父親がもっぱら詩人のペンを一人占めした。そして詩人は父親を自分とアイルランドの地を結ぶルーツとして書き留めた。

次の作品が冒頭で言及した「後継者」の詩である。

後継者

おやじは馬が引く鋤を使って働いた
おやじの肩は地球型　鋤の柄と畔みぞの間で
一杯に張った舟の帆のように
おやじの舌打ち合図で　馬が緊張した

専門家なんだ　おやじは鋤の刃尻を据えて

輝く鋼鉄の刃先を合わせる
芝土は休みなしに掘り散らされた
その装備で　手綱一引きで

汗だくのおやじと馬は引き返し
元の地に戻って来た　おやじは目を
細めて　畑に釣り糸を垂れ
畝を正しく測量した

僕はよろけた　おやじの俵釘の早起き仕事に
時々転んだ　磨かれた畑で
時々おやじは僕を馬に一緒に乗せてくれた
おやじの後ろ　沈み　持ち上がる　おやじの労働に

大きくなって耕したかった
片目を閉じ　胸を張って
でも僕が出来たことは　付いて行ったことだけ

おやじの広い影の中　畑の中を
僕は厄介者だった　つまずき　転び
愚痴ばかり言っていた　でも今日
おやじの方だ　つまずいてばかりいるのは
僕の後ろで　座り込んじゃった

ヒーニーの詩の核は、実は他の多くの現代アイルランド詩人と同じく、境界線と失われた土地と無残なテロと戦争の記録でもある。告発はだが、やがてマイノリティの土着性主張と現実の「土を耕そう」という、ともするとどこの国でもありがちな、工業化に押される農業従事者への、励ましの掛け声ともなる。詩人は小さな人々の現実を、父の肖像、英雄として描くことで、詩を芸術性へと高めた。描かれた現実は理想の歴史と化す。詩という芸術となる。だが、芸術は現実となるか?——それは希望だ。

詩人の役割は地を掘り、耕すことでもある。野菜を、穀物を育てることでもある——ガレキと津波に襲われた泥だらけの地から立ち上がった、東日本の大震災以降の日本の若い人たちによる、日本の新たな農業生産自給への立ち上がり、特に東北地方における食糧自給への立ち上がりを、共に本稿の中で最後に言及したい。シェイマス・ヒーニーの父親賛美の詩は、新たな和平の世界の中で、これまでは小作人、下積みの地位に甘んじた偉大な人々の、偉大な土との共生、畑仕事の賛美となって再生するであろう。それはアイルランド国旗にもある緑の未来だ。

3

本エッセイの最後をW・B・イェイツとシェイマス・ヒーニーだけへの言及で終えることにはいささかの躊躇（ちゅうちょ）がある。アイルランド文学の歴史は偉大だ。私は、ヒーニーの父への言及、彼の畑仕事への賛美の詩の陰に、常に次の詩の影を見ていたような気がする。パトリック・キャバナ（一九〇四～一九六七、アイルランド共和国モナハン州生まれ）の詩である。キャバナはヒーニーの先輩詩人に当たる。

種まきを終える人へ

パトリック・キャバナ

さあ馬のたづなをゆるめよ
種は今日遠くまで飛んで行く

種は星のようだ
四月の土の黒い永遠の上で

この種はやがて実を結ぶ
聖書に書かれる知識の種のように
だから馬を押し進めよ
刈り束の山は父なる神と信じて

あの丘に誰がいようと忘れよ
口うるさい輩のことなど気にするな
運命は成就されない
畑を耕し終わらなければ

虫けら共も気にするな
ひづめや尖った馬鍬を何と思おうとも
君は馬を押し進める　霧の中
そこで　創世記は始まる

ヒーニーは確かにこの詩を読んでいたと確信する。

＊　文中のアイルランド詩人の訳はすべて水崎野里子訳を使用した。

（初出「詩人会議」二〇一八年十月号）

参考文献・『シェイマス・ヒーニーの詩と語り　土の力・父の力』（日本国際詩人協会刊、平成二十三年）

シェイマス・ヒーニーの詩と抵抗

——北アイルランドの家族の肖像

1

シェイマス・ヒーニーは、自分を、家族を、自分たちに固有なモノたちを、テロを、故郷の山を川を、堂々と臆せずに語った。持続し続けた。

現在ではイギリスはユーロ同盟からの離脱を巡って話題だが、一方アイルランドはイギリスが離脱してもユーロ同盟に属し続けるわけである。事実上のアイルランドの独立は成就した、と評する研究者もいる。アイルランド文学はここまで発展、抵抗を持続して来た。アイルランド詩人は、あくなき持続性を持ってマイノリティとしての「自分」を主張し、語って来た。その感が今、ある。テロリズムの元祖でもあるＩＲＡは今や主導をパレスチナ、イスラム系に奪われた、の感があるが、緑色を国旗に組み入れたアイルランドの現在の平和への努力に、今後のますますの発展を祈りたい。

今の日本の詩歌とヒーニーの文学を繋ぐものとして、私はまず家族の肖像を挙げたい。これはヒーニーの文学の特色の一つでもある。彼は父を、特に語る。おかあさんやおばあちゃんやミセス・ヒーニー（妻（ワイフ））など他の家族への言及もある。それは、弾圧されて来たアイルランドの卑近な人々の人間性を、新たに認識し表現することでもある。北アイルランドでの自分たちの生活を、目を逸らさずに誤魔化さないで凝視することでもある。それは強い。強靱な精神だ。

次に、シェイマス・ヒーニーによって描かれた家族の肖像をそれぞれ列挙する。

〈父親〉

ヒーニーの詩の中で詩人の父親への言及は特に多い。ヒーニーの第一詩集『ナチュラリストの死』に収められた詩「掘る」という詩（じゃがいも掘り）の中でヒーニーはさらにこう書く。

窓の下で　カチンとぶつかる音

鋤が地面を割ると　砂利だらけ
父は掘っている　私は見下ろす

花壇の間で　屈む臀部を引き締め
よいしょと立ち上がる　消え去る二十年の歳月
ジャガイモの畝の間　一定のリズムで屈み起き
父は掘っていた

（「掘る」より）

ヒーニーは一九八四年に母の死を、一九八六年には父の死を経験している。詩人の父の死の翌年に出版された『サンザシ提灯』はふるさとでの幼いころの思い出を語りながら、父母を含む家族を追悼し、彼らの浄罪と安らぎを祈る詩集でもある。本詩集中、および次の詩集『ものたちをみる』で、再び、ヒーニーは父親への追悼を兼ねた思い出の詩を繰り返し語る。詩「渡る」などの中で、ヒーニーの父は死者の国から河を渡り帰還する霊と化す。そして詩の中でよみがえる。詩人は「ケシュ」という小道を描き、アイルランドの土俗的な信仰、「死者、霊の帰還」に言及する（日本の盂蘭盆の風習に似る）。

〈母親〉

詩集『サンザシ提灯』の中、「浄罪」と題された八篇のソネットがある。この「浄罪」篇は、罪人を打つ石、罪人をつつくサンザシの棘、サンザシ提灯を掲げて正しい人を探すディオゲネス（古代ギリシアの賢人）などを詩に登場させながら、日常生活を正しい人として送る勧めと、臨終の際に測られる罪と罰の教訓――キリストによる最後の審判――を示しながら、ヒーニーは、逝去した家族達、特に母親の浄罪を祈りとして立ち上げる。この詩連では母に向けられた部分がソネット二番から八番までを占めている。登場するひいおばあちゃんとおじいちゃんは、母方の系譜の曽祖母と祖父である。石に打たれて慌てる、母方のひいおばあちゃん（二番）、死者の国から帰還したおじいちゃん（二番後半）、教区司祭の登場と詩人の母の臨終場面と臨終儀式（三番後半）、臨終を迎えている母親に語り掛ける父親の言葉、母の死の瞬間（七番）、切られた栗の木の比喩で、母親というルーツを失った悲しみ、沈黙してしまった母（八番）などが、一貫して語られる。ゆえにこの作品は、母親の逝去を経験した詩人の悲しみが、母への愛と浄罪の祈りとなって、生前の詩人と母親との生活の思い出と重なって書かれている構造と言える。詩篇の核は一貫して、息子ヒーニーの母親への愛である。母親への愛と彼女の天国への昇天の願い（浄罪）、そして旅立った彼女の沈黙への嘆きと、その沈黙を越えて語り掛ける母の声を懸命に聞き取ろうとする息子の姿が、宗教的な祈りとして綴られる。

他方、詩篇中でヒーニーが書き留めているのは、生存中の母親の日常生活と人間性である。ソネット二番では母のお茶（ティー）の時間が、三番ではミサに行かずに母とジャガイモの皮を剝いていた思い出が、四番では母のゲール語訛りで文法から外れたもの言いの苦労を、五番では洗って干したリネンのシーツを母と二人で取り込み、きちんとたたむまでの様子が日常生活として語られる。そして六番ではD・H・ロレンスの小説『息子たちと恋人たち』への言及がある。愛し合う母と息子——ここでその「浄罪」篇のソネット六番を引用する。母と一緒に過ごした復活祭の思い出である。

「浄罪」篇ソネット六番

復活祭の祝日　始まりの最初の
聖なる一週間　すべての儀式は
楽しかった　最高の思い出だった
かあさんと僕『息子たちと恋人たち』
真夜中の炎　復活祭の蠟燭　嬉しかったのは
僕たち　肘を突き合わせ　並んで跪（ひざまず）いたこと

満員の教会の中　聖水盤に近い場所に
祝福を得たかったから　僕たち詠んで行く　祈禱書
「私の魂は渇いています　雄鹿が水の流れを慕うように……」
指を水に浸す　タオルで拭いて　何度も　水は呼吸し続ける
聖水には　聖油や油が混ぜられる
お香を炊く儀式　香入れがカチンと鳴る
詩編の作者の叫びを　誇らかにかあさんと唱和
「夜も昼も　私の涙は　私のパンだった」

ヒーニーにおける浄罪のテーマはダンテの影響を思わせるが、詩人の語るひいおばあちゃんやおかあさんの肖像には人間的なユーモアが混ざる。ミサをさぼってのジャガイモ剝き、堂々のゲール語訛り、小麦粉の袋から作ったシーツ（貧しさの裏返しのユーモア?）、一度でいいはずの聖水に指を浸し十字を切る慣習が、何度も繰り返す二人のユーモア——あるいはそれゆえにこそ、詩人はこのソネットで母親の無事の昇天と、そして人間としての威厳の主張を、同時に願ったのかもしれない。

〈おばあちゃん、父方〉

次の詩は父方のおばあちゃんの思い出である。詩集『電燈』で語られる。タイトル・ポエムである。

電燈

固まった電燈の脂　芯の煤で黒い縞
潰された親指の爪
古く　使い古しの親指は襞付きの真珠だった

皺が寄った石英　埃にまみれた巫女
電燈を最初に見た家で　おばあちゃんは座っていた
フェルトの室内履き　裏は毛皮　はずれたチャック

いつも　常に　同じ椅子に座り　囁くような声
大声を上げたつもりでも　囁き声となる
僕たちは　絶望のどん底にいた

泊まりなさいと置き去りにされた　あの晩
僕は泣きじゃくった　掛け布団の下で
電燈を点けっぱなしにしたまま

「誰がいじめるんだい?」「いじめる」という
強い破擦音は　遠い昔の音　舟の停泊所に打ち寄せた
恐れの洞窟の水音　おばあちゃんの絶望

弓型の背の椅子の上に立てば
電燈のスイッチに手が届く　みんなは僕に電燈を点けさせ
眺めていた　小さな星に触れば魔法の効き目

ラジオのスイッチをひねるのに　光が照らされた
みんなは僕に電燈を点けさせ　眺めていた
世界の駅を意のままに歩き回っている気分

やがて彼らは去り　ビッグ・ベンとニュースは終わった

ラジオのスイッチは切られた　すべては静寂の中
番組の終了のあと　ただ編み棒の音　煙突を立ち上がる風
おばあちゃんは座っていた　フェルトの室内履きを履いて
裏は毛皮付き　チャックははずされたまま
電燈の光は輝いていた　僕たちの頭上で

僕は怖かった　爪の垢の筋が付いた固い裂け目が
弦楽器の爪のように堅く　きらきら光っていた
デリーの土の下で　今もそのまま　数珠と脊髄の間で

詩人のおばあちゃんの思い出は、電燈の魔法の下で爪の割れた魔女の風貌を帯びる。だが最後のデリーという地名が、怖かったおばあちゃんをアイルランドの地と結び付け、詩人の祈りと貴重な思い出と化す。おばあちゃんは詩人の地に眠る魔法の世界の巫女、電燈という不思議な明かりの下で爪を光らせて座っていた御伽話の魔女となり永遠に生きる。

〈ミセス・ヒーニー〉

次の詩はミセス・ヒーニー、すなわちヒーニーの奥さん、妻(ワイフ)に言及する。家族の筆頭の位置を占める。本作も愛の詩＝ソネットの伝統を踏まえている。詩集『フィールド・ワーク』に所収である。

グランモア・ソネット（10番）

僕は夢見た　僕たちドニゴールの苔の中で眠っていた
芝の土手の上　毛布を被って　僕たちの顔は
一晩中　そぼ降る雨に晒され
滴を垂らした樺の若木のように　青ざめていた
寒い気候の中の　ロレンゾとジェシカ
見つかるのを待っている　ディアミードとグローニャ
暗闇の聖水をかけられ　香を焚かれ　陳列されていた
持ち上がった地面の上　息をしている彫像のように
その夢の中　僕は夢見た――君　こんな話どうだい？
何年も前　あのホテルでの僕たちの最初の夜
君は最後のキスをくれた

それから　僕たちを持ち上げた　美しく痛ましい
肉の契約　それから二人は分離
一休み　僕たちの露だらけの　夢見る顔

グランモアとはヒーニーが家族と住んだコテージがあった場所、ドニゴールとは北アイルランドの州の名前である。夫婦の夜に新婚旅行の思い出が重なる。詩人に珍しくエロティックな詩である。だがヒーニーは地名を入れることを忘れない。

家族を語ること、それは自分のルーツを辿り、確認する旅でもある。歴史に名を残すことなく世を去る、無数の小さな人々、彼等を詩にとどめることは、シェイマス・ヒーニーの抵抗と告発と、そして愛としてある。彼等はサンザシの実のように小さいが、束の間、この世の闇を照らす提灯に例えられる。詩集『サンザシ提灯』と『ものたちを見る』では、ヒーニーの家族の肖像はかなり多い。死者追悼の宗教性はダンテへの詩人の傾倒を示すものかもしれないが、詩人は明確な意図を持って北アイルランドの家族の肖像を書き留めている。

ヒーニーの詩の核は、実は他の多くの現代アイルランド詩人と同じく、南と北を分ける境界線（国境）と失われた土地（国とも訳せる）と無残なテロと戦争の記録である。だが詩人はそれらの悲惨極まる現実をダンテとヴァージルとギリシア神話への言及と巧みな暗喩を込めて芸術性へと高める。現実は歴史となる。詩という芸術となる。だが、芸術は現実となるか？　それは希望だ。希望にすぎない、ということは控えよう。露だらけの夢見る顔は、私たちの顔でもある。

（未発表）

暴力の時代の中で

――イーヴァン・ボーランドの詩と状況意識

イーヴァン・ボーランドは現在、シェイマス・ヒーニーやマイケル・ロングリーなどとともに代表的なアイルランド詩人の一人である。そして彼らや他の多数のアイルランド詩人と同じく、ボーランドの詩人としての興味と主題は、イギリスの長いアイルランド支配という歴史意識と圧制と自国の貧しさの認識、やがて境界線への告発として明確に自覚されていく。それは自分のアイデンティティの探求と平行して自国アイルランドのアイデンティティ探求となって表現されてゆき、圧制からの自由、人間としての自由と生きる権利の表明に集結する。

アイルランドの詩は、W・B・イェイツの詩をも含めて、美しく芸術的である。だが同時にしばしば堅固な政治性と社会性に収斂（しゅうれん）する。それは分断された国境を撤廃し真の独立を果たそうという祈願であり、植民地として圧制を受けて来た結果の人民の貧しさ（飢饉はしばしば発生した）から脱出したい、あるいは自分たちのアイデンティティとして直視し続けたいという志向となる。この直線的な歴史感覚が現代アイルランド詩の個性であり、詩としての魅力、価値である。現在の日本詩と日本を囲む世界状況に恰好の指標となると思う。

ロンドンで過ごした少女期・詩人の出発点

イーヴァン・ボーランドは一九四四年ダブリンに生まれた。彼女の父フレデリック・ボーランドは外交官であり、母のフランシス・ケリーは後期表現主義派の画家であった。詩人が六歳のとき、父親が英国駐在のアイルランド大使に任命され、家族とともにロンドンに、次いで米国のニューヨークに居住して少女時代を過ごした。十四歳のときにダブリンに戻り、ダブリン郊外の海辺のリゾート地、キリニーのカトリック系の女子高校に通う。やがて一九六二年にダブリン大学トリニティ・カレッジに入学。大学一年生のときに第一詩集冊子版『詩二十三篇』を刊行。一九六六年にダブリン大学トリニティ・カレッジから英語英文学で首席の学士号を取得。翌年一九六七年には詩人の事実上の第一詩集と見なされている『新領土』を刊行した。詩人二十三歳のときである。一九六九年に小説家のケヴイン・ケイシーと結婚、娘が二人いる。ゆえに一九六九年以降はボーランドには詩人のアイデンティティのほかに妻、二人の娘の母親としての家庭生活がある。詩人は大学卒業後、ダブリン大学、スタンフォード大学などでの教職にも従事する。母親、妻、詩人、英語英文学と創作を指導する教師という多彩なキャリアの中で詩人は詩を書き続けている。スタンフォード大学はアメリカの大学である。ゆえに、彼女は少女時代の移民生活とともに、詩人、教師として現在でも母国アイルランドとアメリカを往復する移民詩人の資質を持つ。

詩集刊行は以下である。『詩二十三篇』(一九六二)、『新領土』(一九六七)、『戦争の馬』(一九七五)、『鏡に映る女』(一九八〇)、『夜の授乳』(一九八二、一九九四)、『旅路』(一九八六)など。以後の時期ではボーランドは詩の題材を日常性、平凡さへの視野をとどめつつも、平凡ではないアイルランド固有の歴史へと視点を移して行く。詩人として女として、アイルランドの歴史の外側に居るという詩人の自覚と葛藤を示した詩集『歴史の外側』(一九九〇)、『暴力の時代の中で』(一九九四)、『失われた土地』(一九九八)、『愛の詩に抗議』(二〇〇二)、『家庭内暴力』(二〇〇七)など。散文・エッセイの著作は翻訳も含めて多い。少女時代からの詩人の自伝と詩人となる葛藤を散文エッセイとして描いた作品である『オブジェクト・レッスンズ／私達の時代のアイルランド女性詩人の人生』(一九九五)がある。

『歴史の外側』から内側へ――アイルランド大飢饉の歴史認識

以下の詩はかつて十九世紀に大被害を齎（もたら）したいわゆる「大飢饉（じゃがいも飢饉とも言われる）」に言及した詩である。飢饉はじゃがいもの疫病と枯れ死により生じた。死者はアイルランド人口の二十パーセント、十パーセントから二十パーセントの人々が国外へ移民として流出したとのデータがある。ちなみにじゃがいもはアイルランド人民の主食であった（イギリス人はパンを好んだとの記載あり）。

アキルの女　　イーヴァン・ボーランド

その女性は丘を登って来た　水を運びながら
半分のボタンの　ウールのカーディガンをはおり
お茶用の拭き布を腰に巻いて
おばさんは目の上に垂れた髪を払いのけた
空いた方の手で　そしてバケツを下に置いた

バケツの取っ手の亜鉛の音楽は
夕べの曲　復活祭の月が昇った
隣の野原で　夕陽が流れる小川
星々

私は思い出す　おばさんの両手の冷たい桃色
身をかがめ　おばさんは両手に息を吹きかけた
スープを飲むときのように
腰の廻りには　白地に荒っぽく
織り込まれている文字「コップ拭き」

おばさんのその日の仕事はもうすぐ終わる
私はしゃべってばかりいた
大学生になりたての　世間知らずの私
友人の田舎の山荘で週末を過ごしていた
スーツケース一つと大学の教科書

銀の時代の宮廷詩人の詩の本を持って

私達は時間を置き去りにして　そこに居た
夕暮は冷たくなった　警告なしに
おばさんはおやすみなさいと言った
そして丘を下り始めた

草はラベンダー色から黒に変わった
木々は冷たい輪郭へと戻った
凍り付く霜の味ほど　でも今
どれも変えることはできない
私が辿った道のりを
部屋に入り　風に凍え
暖炉に火を灯し
本を取り出し
開いた　私は理解できなかった

奴隷達のコーラス
へつらいへの優美な音楽
野心から借りて来た言葉を

理解できない
どうして眠りに落ちたかも
私は忘れ果てたのか？
大空に雲がかかる惑星の群
春の月の緩慢な傾き
それらの皮肉を叫ぶ歌を

本詩は『歴史の外側』（一九九〇年）と題された詩集に収められている。私がこの詩について知った最初は、同じく一九九五年に刊行されたポーランドの評論『オブジェクト・レッスンズ』の中で、詩がかなり長く引用され、また言及されていたからであった。大西洋を見晴らす小さな友人の山荘を借りて、詩人はアキル島で週末を過ごす。詩の前半で語られていることは、一人の田舎女に出会ったこと、島の風景、それらは実体験として評論の中で再び記されている。だが、アキル島で出会ったその女性に関する次の叙述は、詩には書かれてはいない。

　彼女は私に飢餓について語りかけた最初の人間だった。私に力強く、この地域での飢餓による生きるか死ぬかの、悲惨な民衆の姿を語ってくれた最初の人間だった。彼女は偉大な人々、飢餓の中を生き抜いた人々のことを繰り返し語った。偉大な人々。私はその言葉をそれまで聞いたことがなかった。*

　飢餓を生き抜いた人々を彼女は「偉大な人々」と呼ぶ。それはアイルランドの歴史の中の負の出来事を積極的に逆に自国のアイデンティティとして捉える姿勢であり、自分のアイデンティティとして捉える姿勢である。それは、長らく圧制を受けている、アイルランドの負の歴史意識に発展し、やがてボーランドの詩の生涯変わらない理想への志向と葛藤を形成する。葛藤はやがて国境問題（北アイルランドのイギリス所属問題）と境界線の撤廃問題、アイルランド的な（負の？）モノたちの積極的な描写表明となる。「銀の時代の宮廷詩人」とは、イギリスのエリザベス朝の宮廷詩人を指す。詩人はアキル島のコテージで彼らの本を捨て去る。それは実際には、W・B・イェイツやシェイマス・ヒーニーたち、すなわちアイルランドの男性詩人たちのテーマや主張となんら変わることはないが、ボーランドの場合は、『暴力の時代の中で』において示されるように、「娘」と「母」の関係を次々と変遷させながらアイルランドの母なる精霊を希求し造形する。

詩「アキルの女」の中で、アキル島の美しい風景の描写の二行のあとの最後の行、「それらの皮肉が叫ぶ歌」はまさに負の皮肉として生きている。美しい自然は、彼女にあっては、過酷な飢餓で代表されるアイルランドの悲惨な歴史に併置される皮肉となる。ボーランドが「アキルの女」でまず暗示したかったものは、アイルランドの美しさと貧しさと植民地支配からの脱皮、境界線の撤廃であった。それはやがて、詩集の題名で語られる「暴力の時代の中で」（一九九四）、「失われた土地」（一九九八）、のように、歴史の葛藤に耐え、認識し告発していく経緯となる。世界は他者との忍耐と葛藤の、美しいが皮肉な歌だ。

戦争の馬

ボーランドの詩のキャリアの中ではほぼ中期に書かれた詩「戦争の馬」は悪夢と妄想が混在する名詩である。馬は実在か？　非在か？　読者の読みに期待する。

戦争の馬　イーヴァン・ボーランド

この乾いた夜　いつもの
馬のひづめの音　気ままな
馬のひづめ　死を踏むように
大地の　汚れのない貨幣の上に　刺された印のように
私は窓を開ける　そして見つめる　馬の膝と脛の毛が
繋ぎ縄から解放され　緩やかな足取りで翻り
エニスケリー通りの　放浪者たちの宿営地の中へ
息を弾ませながら　過ぎて行くのを　喘ぎ　頭を垂れ
馬は行ってしまった　大した危害は与えずに
ただ　月桂樹の生垣の葉が　一枚ちぎれただけ

大した損害はない　ただツルバラが引き抜かれた
不自由な手足がちぎれたように　もはや二度と伝い上がることはない

私たちの家の石垣を　必要な犠牲
ただ馬に対する守衛の列　志願兵

ただクロッカスの丸く膨らんだ頭が
吹き飛ばされた　叫ぶことのない　死人のひとり

でも私たちは　私たちは安全　予期していた残酷な死への恐怖は
去った　何故　私たちは案じる必要があるのか

離れたところで　消され　切断された　死体のように
バラ　生垣　クロカスが根を引き抜かれたとしても？

馬はよろめきながら去る　戦争の噂のように　巨大で
恐ろしげな姿　近所の人たちはカーテンを閉める

馬は走って行く　目の前の道を
ありがたくも　私たちを過ぎる　私はほっと
安堵の溜め息　そして窓の敷居にもたれかかる
昔の歴史を思い出して

一瞬　私の息は止まる　馬がなぎ倒したバラは裂かれ
生垣の上に垂れ下がる　私は思い出す

焼かれた国の日々を　不法の組みひもを
正義は　遠い昔　踏みにじられ　世界は裏切られた

詩は二行連を短く連ねて行き、馬がパカパカと走るリズムを具現する。住宅街の中の道を馬は走り過ぎて行く。安堵、との言葉がある。読者も安堵する。だが。詩中には「死を踏む」、「戦争の噂のように　巨大で／恐ろしげな姿」という表現がある。大したことはない、安全だ、と読者を安心させながら、詩はやがて詩人の本音へと私たちを導く。バラはなぎ倒され生垣に垂れる。クロッカスの頭は引き抜かれる。それは戦争によって殺害された多くの兵士、人々の暗喩ではないのか？　最後の二行スタンザは詩人の叫びであり告発だ。戦争の馬はいつでも私たちの日常の中を繋ぎ紐を解いて走ってゆき、平和の理想は裏切られる。それが歴史だ。この詩のもたらす恐怖と真実、警告はきつい。それはアイルランドの歴史であるとともに、私たちの歴史でもある。

＊　Evan Boland: *Object Lessons: The Life of the Woman and the Poet in our Time*, p.123 (1995, Carcanet Press, Machester)

・文中引用のイーヴァン・ボーランドの詩の日本語訳は水崎野里子訳。

（初出「詩人会議」二〇二〇年二月号）

イーヴァン・ボーランドにおける「娘」から「母」へ

――アイルランドの母神を求めて

（1）女神アテナと新領土への航海

父の頭から　ぴょんと出た
私は生まれた　いくさの女神
尖った槍矛　兵士の慰み
誇り高きは私の象徴　勇猛の銅鑼
アテネの森に　進軍するまで
私の膝には　新たな音楽

（「アテナの歌」）

アテナはギリシア神話の代表的な女神の一人で、ゼウスの頭頂部から武装して鎧を纏った姿で出現したとの伝承がある。知恵、戦争、学芸、工芸、そして戦争を司る。ローマ神話のミネルヴァにあたる。アテナイ（アテネ）の守護神。処女神である。アテナイの守護神の座をポセイドンと争い勝利を得た。詩中で言及される父とはゆえにゼウスであり、女神の象徴とは梟、オリーブの枝、三日月である。詩は女神がポセイドンとのアテネの守護神の座をめぐるいくさに出かける前の一瞬の時間を捉えた。女神は鹿の骨の笛を吹く。鳥や魚は女神の音楽を愛し喜ぶ。だが女神は英雄たちの姿を夢見、彼らの感謝の叫びを思い出して笛を捨てる（第三スタンザ）。ゆえに詩は「アテナの歌」との題の下に歌を捨てる女神を描く。葛藤ある興味ある作品である。

詩集『新領土』（一九六七）の中の詩「新領土」はまた、以降のボーランドの詩に一貫して追求されて行く、領土、土地、国家のテーマの事実上の始まり、出発点としても興味深い。本詩は抽象的な詩の語りの中に、荒海を乗り越え、新領土を目指して航海する船長と船員たちの苦難に宇宙と人生の本質を描いた。そして、彼ら船員たちを、詩人の役割とあり方に最後のスタンザで重ね合わせた。やがて詩は新領土探検の航海を詩人の使命と結び付ける。詩人は人間の世紀を暗黒と捉え、絶望の中に救済へのまなざしを思索する。ボーランドは詩人の存在を、ためらい、よろけながらも、暗黒の大海へ必死の努力で乗り出して行く船員と同じ、野心を持つ者と示唆する。

詩は一見暗い。だが一方では、詩人は一貫して希望を抱き続けている。難解、抽象性、衒学趣味はあるが、本詩は希望という点でも、以降のボーランドの詩の出発点を示している。第一詩集に相応しい、若い詩人の大志と詩作実験の勇敢さとがある。

（２）台所と薬罐と夜の授乳と——平凡な日常性と母の仕事と

第一詩集『新領土』（一九六七）から第二詩集『戦争の馬』（一九七五）至るまでに詩人の私生活には変化がある。結婚と二人の娘の出産と子育てである。イーヴァン・ボーランドを「女性にこだわり女性を描いた詩人」と考える評者の言に従えば、やはり子供を産み育てて日常的な雑務、家事もこなす詩人の日常性はどう詩に反映して行くのか？　あるいは行かないのか？　という問いと期待がある。詩集『戦争の馬』の第三部におかれた詩「郊外生活者への頌歌」には詩形式の明らかな新領域がある。題材はもはや神話や神々、英雄たちではなく、郊外生活者としての一女性の平凡な生活の描写である。

六時　台所の電灯は火膨れする
あなたの闇に　主婦たちは鼻を

突っ込み始める　互いの一日　閉所恐怖症
裏庭の　繁茂の拡がり
茂る低木　醜い妹
あなた　郊外生活者の

（「郊外生活者への頌歌」）

「台所では　子供がベビーベッドの中で大泣き？」――本詩で綴られるものは「魔法などない」一女性の一日の始まりである。日常的な散文性はだが逆に同性の読者には大いなる賛美と美と映じる。生い茂る庭の低木、台所、主婦という名の女性の登場、ベビーベッドの子供の大泣き、大騒ぎ。うとうとと居眠りするような平凡さだがライオンも眠る日々であり祝日には鼠を捕まえる。だがそのライオンの堕落を平和とは捉えられないか？　もはやここには雄々しく猛々しく吠える勇ましいライオンの神話はない。裏庭の低木の繁茂と泣き叫ぶ子供と喧噪の台所の騒ぎがある。それはだが主婦という女が経験し闘わざるを得なかった日常性の平凡さであり宿命である。

男性詩人が経験しえず詩に昇華されなかった「非ポエティック」な主婦、あるいは母という名の女の日常性の平和さと平凡さ、母という女の日常性を詩人は巧みに詩に造型した。台所と薬罐への言及がいくつか見える。「女性にこだわった詩人」という批評、それはボーランドへの賛辞としてある。男性詩人が書けない生活、従来の詩の領域からこぼされた主婦、母の生活を詩の形式に掬い取ること、それこそがボーランドの女性であることを意識した詩人としての挑戦であり（同時にプロフェッサーでもあったはずだ）、女性詩人の側からのアイルランド詩史への補充を意味している。

詩集『鏡に映る女』には、「鏡に映る女」（自分の顔か？）の他に「孤独」、「月経」、「魔女となる」、「化粧」などがある。すべてはなにかしらの点で作者ボーランドの自画像であるかのようである。詩集は次々と女性の属性を示す。ユーモアとアイロニーが入り交じるがそれは自虐と賛美の交差である。だがそれは、男性詩人に書いてもらったのではない、女性詩人が描いた、生身の女、飾り物でも壁の花でもない、生きて皺打つ女の、あるがままの描写として意味がある。初期の作品とは異なる、極端に短い、時には二、三の単語を羅列しただけの新しい詩型を詩人は展開する。その詩型が逆に語られる内容を読者により強く印象付ける。以下は『鏡に映る女』からの引用である。

この真実
波の襲撃
海の高まり
お化粧の

ものがたり
顔の
朝の
みなもとから
私自身の

（「化粧」）

彼女と第三人称で語られる朝化粧は、だが本詩の最後の一行「私の夜明け」によってボーランド自身の化粧と化す。詩人は鏡に映る自分の顔の皺に白粉を塗りたくる。朝化粧と言えば聞こえはいいが、要するに寄る年波の皺を隠す作業であることには変わらない。だが、詩人は夜明けの女神、アウロラと化ける。女神と化して詩人は老いの皺、寄る年波とともに飛翔する。ボーランドは以降、自分を含めた女の老いを、堂々と積極的に肯定し賛美して行く。
詩集『夜の授乳』の中の同名の詩「夜の授乳」は、「家庭の内側」という副題の下に展開される長い十一部から成る構成詩連の冒頭の詩である。詩人はここでは、授乳という子育てに必須な母親の仕事を描く。

私はミルク瓶を傾ける
あなたはミルクを飲む！
私に可能な最上の存在
主婦
この子供部屋に
あなたは居続ける
貴重な生命

（「夜の授乳」）

子供を育てたことのある女ならば誰でも経験する夜明けの授乳、朝まだき、眠たい中の子供の授乳――平凡だが、まさにその平凡さが、子供の命を育てる偉大な女の作業として読者に迫る。主婦、母としての女性を取り囲む日常的な状況や生活を凝視して詩にとどめている作業は、ボーランドの詩の中期の果敢な選択と言える。

だが、詩人は手放しで子供を育てる母親のアイデンティティを謳歌しているわけではない。「夜の授乳」という詩題中の「夜」ばかりではなく、夜、漆黒を意味する「暗闇」への言及が、詩集『鏡に映る女』から『夜の授乳』、『旅路』、『歴史の外側』に至るボーランドの詩にはかなり見られる。詩「化粧」も時間は夜と朝の間の夜明けと設定される。

それはやはり、のちに散文での自伝的エッセイとして発表された『オブジェクト・レッスンズ』の中でも書かれているように、まず、移民として経験したロンドンでの少女時代の生活体験の暗い記憶を思い起こさせる（詩では「一九五一年・イギリスでのアイルランド少女の子供時代」、「アイルランド移民」など）。同時に、「月経」で言明される男性には無い女性としての生理的な経験の暗さ、「魔女となる」で描かれる、西欧一般に流布した女性への特殊な宗教的な慣習などが、女性性に伴う逃れることが出来ない暗さとして同時に描かれている。

このように女性性への明暗双方からの視点を保ちつつ、詩人は女性の顔を詩中で語って行く。以前の詩集中ではボーランドはアテナ女神やアウロラ女神に言及していた。一方、この期間のボーランドの旅路は同時にアイルランド内部への旅であり、アイルランドの女性の庶民性、平凡さへの旅路でもある。それは同時に永遠の母を求める旅路、命の源泉を求める旅路でもある。ボーランドのこの旅路には以降、二つの旅程がある。一つは詩「アキルの女」であり、第二には詩「アンナ・リフィ」（Anna Liffey）である。

（3）アンナ・リフィ――女の顔を持つ生命の源泉

一軒の家の戸口にいる一人の女

彼女が生まれた街の川
私の家の上方に聳える丘　そこが
源　リフィ川は流れ始める

（「アンナ・リフィ」）

イーヴァン・ボーランドの詩は詩集の刊行を重ねるごとに徐々に自伝的な日常性へ収斂して行くかに見える。自分を語ること、イギリス移民の経験を、母としての経験を、女としての経験を語ること、そして実生活の中で親しかった物や思い出を語ること――母親の黒いレースの扇、泣いていた母親などである。ボーランドはまず自分を時には第三人称を用いつつ客観的に語る、あるいは自分をあるがままに告白することによって、女性性を普遍的に語るという方法を採用している。だが詩人は、その自己叙述がアイルランドの民の歴史の一部であり、しかもそれらを詩にとどめる作業によって、アイルランドの、そして女性一般の、伝承、神話、歌となることを希望している。一見散文的に見える詩連にも、詩人は巧妙な押韻と行分けの工夫、技巧を忘れてはいない。

生命、女の顔、ルーツ、源泉を求めるボーランドのアイルランドへの旅路は、詩集『暴力の時代の中で』（一九九四）中では、序詞として「西方で歌い手だった女たち」への呼びかけから始まる。そこは（コナハト地方と設定される）、荒れた海辺、雨と海原の波、嵐と形容される。やがて詩「源流」の中では、詩人はウィックローの丘に登り河の源流を探し求めるが見つからずに終わる。だが詩は後半で、子供の自分が母の髪の毛を摑む思い出を妄想として描く。すなわち源流とは、具体的な河の源流探しばかりではなく、詩人のアイルランドにおける確かなルーツ、アイデンティティ探求を意味する暗喩でもある。その探求はやがて長編詩「アンナ・リフィ」に流れ込む。アンナという女性名を付けられたリフィ（アイルランド語でライフ、生命の意味）はダブリンの街中を流れる川である。ダブリンは詩人の生まれ故郷である。詩「アンナ・リフィ」では、詩人はすでにリフィ川の源流の位置を、ダブリンの街中、詩人の家の上方にある丘の中と規定している。

ボーランドの詩のひとつの特色は、安易な妥協を許さない葛藤と暗黒の凝視でもある。以前の詩集『歴史の外側』の中、詩人は「アイルランドの女神を作る」という詩でその明暗の葛藤を見せた。詩人は老いを自覚しつつ、神話を傷と言及しながらも、遠くの子供の群の中に自分の娘を見つけた。だが彼女は詩人に背を向けていた。アイルランド性と女性性への明暗の葛藤は、だが『暴力の時代の中で』に所収の詩「アンナ・リフィ」で一応の決着を見る。自分は娘の母であった。また自分には母がいた。泣いていた母、やがてその母も消える。このように、娘と母の関係を次々と変換しながら、ボーランドはリフィ川を自分と同じく老いた女として発見する。やがて老いた詩人はその老いた女に同一化する。この詩人の独創は、フィクションとしての詩の属性を見事に駆使した結果であるが、依拠がある。ボーランドはリフィ川に、かつてW・B・イェイツが老婆として描いたアイルランドの母神としてのカスリーン・ニ・フーリハンを重ね合わせた。

詩「アンナ・リフィ」は、リフィ川を生命、次いで老いた女性の顔と肉体として捉え、彼女をアイルランドの大いなる母、命の源泉、精霊と捉えた名作である。この経緯は、ボーランドが一貫して追求して来た暗黒からの脱出であり、永遠の光と生命の獲得である。自分の役割はその永遠の母の顔、命の源泉を語ることにあったと、ボーランドは語る。詩「アンナ・リフィ」の最後の行、「私は声だった」という一行は、詩人の歓喜のメッセージとして強い。

ボーランドが帰依するのは、具体的なダブリンの川ばかりではなく、詩人が生まれた地、その地の精霊・地母神、あるいは地母神として語られる、古代からの大いなる母性そのものである。地母神は土地と結合し生命を潤し、生命を表象しつつ、すべての者の源と化す。ボーランドは自分の地とアイデンティティを、長い苦闘の末に獲得する。アイルランドの母はこの暴力の時代の中にあって、民を護り、民の涙を拭い続け、民の悲しみを聞き続けるであろう。

ダブリンの街中をリフィ川は流れる。

＊　イーヴァン・ボーランドの詩作品のテキストは Eavan Boland, *Collected Poems* (Manchester: Carcanet Press Limited,1995)を使用した。本稿で引用したボーランドの詩の日本語訳はすべて水崎野里子訳である。

（初出　木村正俊編『アイルランド文学　その伝統と遺産』開文社　二〇一四年）

マイケル・ロングリー『雪水（スノー・ウォーター）』と「北」

――夫婦で生きる老いと自然

第一章

雪水　　マイケル・ロングリー

Snow Water　Michael Longley

茶の淹れ方には　いささかうるさい
茶には凝る者　詩人でもあるが
私はつつましくも要求する　雪水
わが六十歳の誕生日の贈り物に

茶の蒸気とインクの染み　心を一にして
私はティー・ポットを熱し
銀針茶を要るだけ入れる　考えながら
どれだけ必要か　二番煎じには

他に好きな茶は　浄距茶
長寿眉茶
あるいは　危なっかしい山頂からの
雲霧茶（全く香ばしい）

まるで猿の収穫　奴らはバスケットを
選りに選った葉っぱで一杯にして
運んでくれる　私の居場所まで
私は待っている　雪水の壺と一緒に

＊　銀針茶、浄距茶、長寿眉茶、雲霧茶はいずれも中国茶の種類。白茶（ホワイト・ティー）と分類され

ている。ウーロン茶や緑茶と茶の木は同じだが、製法が異なる。酸化させず乾燥する。よりカフェインが少ない。

マイケル・ロングリーと出会ったのは、二〇〇六年度の七月末から二週間参加したイェイツ・サマースクールの前半、詩人の指導するポエトリ・ワークショップにおいてであった。そして当スクールのイヴェントとして詩人の朗読会もあり、聴衆の一人として臨席した。ワークショップでの指導はたった二日間であったと記憶するが、私に強い印象を刻印したのは、サンタクロースを思わせる詩人の独特な風貌、そして世界各国（だがアジア系は私一人）から参加の約十人の詩人（あるいは詩人志願）への、ワークショップでの彼の親切ではあるが的確な詩の指導であった。tankaと題して提出した私の五行詩「夏祭り」の英語版（故意に日本性を狙った）を、「エズラ・パウンド」との一声にて選りだした詩人には驚いたが、「ソネット」への言及も出た。他の詩人（若い）の提出した詩がやはり定型詩のソネット形式で見事に脚韻を踏んでいた。また、アメリカからやって来た若い詩人のラブ・ポエムに、「ソネットを書いてみよ」との指導。これにはいささか驚いた。なぜなら、私は当時すでに彼の詩をいくつか訳していたが、やはりアイルランド独立の問題、そして「北」（現在でもイギリスに属する北アイルランド）の問題、そして今でもときどき起こるＩＲＡによる「テロ」事件に、ロングリーは詩人としてまるで無縁ではない、むしろ縁があると考えていたからでもある。詩人はいまだ北アイルランドのベルファーストに住む。そしてもう一つ印象に強く残ったこと。私はスクール中、詩人の椅子の隣にどっかと居座りティーとケーキを食するという幸運に、あるとき出会った。そのとき、その幸運の間髪を入れずに放った「他の詩人では誰が好きですか」という私の問いに、詩人は「ロバート・フロスト」との答え。これは私に意外との感を残した。フロストはわが国でも読まれているが、「テロ」とか「独立」の詩とかにはあまり関係はなさそうな詩人ではある。わが国ではそう読まれている。そのとき私はさらに図々しくも、シェイマス・ヒーニーの初期の詩にフロストの「林檎積みのあとで」の影響があるのではないか、林檎がジャガイモに化けたのでは？　とお聞きしたら、「イエス」とのこと。では、フロストとアイルランドの現代詩人との関係は如何に？

その疑問と同時に、現在、日本の詩人の間で社会的ないしは政治的な詩を「リアリズム」と断じ、「詩の芸術性」との間の論議がいまだ未解決のまま放置されているような状況もある。また相沢史郎氏や原子修氏により、日本の「東北地方」以北「北海道」に至るまでの日本の「北」の文化（詩も含む）が社会問題を含む視野を持たされつつ言及、作品化されている。そのような（日本のエリート詩人の）創作活動にも照応させ、スクール中、会場で購入して来たマイケル・ロングリーの最新詩集『雪水』（二〇〇四）中の詩を翻訳、考究してみることにした。シェイマス・ヒーニーにそのものずばりの詩集『北』がある。だが、マイケル・ロングリーにもすでに名詩「氷雨」あり、つららと寒さを描いている。

サマースクールの夕べのイヴェントとして開催された詩の朗読会の方では、当初はマイケル・ロングリーよりも、強烈な韻を踏むビートで「闘う詩人」との印象を残したジェイムズ・フェントンの方を強烈と記憶した。彼の朗読を聴いたあと、マイケル・ロングリーの詩の朗読は「よりマイルド」との印象を持ったことは否めない。だが今、その「マイルドさ」は、詩のワークショップでの詩人の指導のやさしさと「やさしい厳しさ」とに重なり、逆に詩人の、ある特色を指針してはいないだろうか？　そう考えている。一方では詩人は、私がジェイムズ・フェントンの詩の朗読（いくつかはすでに日本語に翻訳済み）に関して述べた感想、「怒りと抵抗はアイルランド現代詩人の詩の中核ではないでしょうか？」に喜んでくださった。今、マイケル・ロングリーの詩の朗読での印象、やさしさと厳しさとの同時存在を思い出す。

詩人が私のtankaを選び出したことには、場所がイェイツ・サマースクールでもあり、W・B・イェイツが「日本の高貴な劇」としていくつか「能」の翻案劇を書いていることを思い出せば、確かにまるで驚くべきことではない。ハイクももちろん、すでにアイルランド現代詩人によって書かれている。またデレク・マホンに芭蕉と茶席を描く詩「雪見の宴」がある。その上、すでに日本のイェイツ協会などを通じて、かなりの文化交流の実績がある。だから驚く方がこちらの無知をさらけ出しているわけではある。だが驚いたことがさらにもう一つあることを付け加えたい。マイケル・ロングリーは、ワークショップで私の提出した五行詩の中、meet and depart（出会いと出発）をmeet and part（出会いと別れ）に修正した。さすが、と私は内心感嘆した。さすがマイケル・ロングリー、日本の古典短歌の背景思想をよく理解している！　実はあとで確認したことだが、詩人は日本訪問の経験も当時すでにあり、また詩集 *The Weather in Japan*『日本の天気』（二〇〇〇）でT・S・エリオット賞を受賞している。

冒頭に引用のタイトル・ポエム「雪水」は茶を淹れる詩である。いわばデレク・マホンの「雪見の宴」の続編的な詩である。その茶は緑茶でも紅茶でもなく、我々には一風変わった中国茶である。「茶にはうるさい」と詩人はみずからを誇る。その茶を日本で言えば還暦の祝いに「雪水」で淹れたいと詩人は願う。何という贅沢！　だが一方では、前記のように、寒さあるいは冷たさのイメージ、それはマイケル・ロングリーの詩の中でしばしば言及される一つの一貫したイメージとしても捉えられる。そしてそれは今、現実のアイルランドの寒さ（夏でもウールのセーター着用）を私に改めて想起させる。だがそればかりではなく、ある貴重な比喩を我々に提示しているように思う。それは何か？　技法上では詩はまたソネット構造の基本形でもある四行連を連ね、ブランク・ヴァース風（強弱五脚、無韻）に素朴な日常会話的な「話しかけ風」の効果を具現する。そして詩の最後、「まるで猿の収穫」とのユーモア。そして「茶」というオリエンタル文化に言及することによる、一瞬日常性から上昇する芸術性。だが、その陰にあるものは何か？　冷たい「雪水」で詩人は究極的には何を言いたいのか？　次にもう一篇、詩集『雪水』からの詩を引用する。

戦争と平和　　マイケル・ロングリー

アキレス[1]はヘクトル[2]を追跡　捕らえた
あたかもハイタカがキーキー鳴き喚きながら
恐怖に襲われた首輪付きの鳩を追ったように
死刑執行人の前で　あわてふためく鳩
ヘクトルはトロイ[3]の城壁の下で
命を助けてくれと悪戦苦闘
風で曲がった野生のイチジクの木と　突っ立つ見張り柱を過ぎ
二人は共にトロイの街から走り出る
二輪戦車の道に沿って　二つの井戸端まで
二つの井戸は　水を噴出させスカマンデル川に渦を巻いて流れ込む
一方は温かい水の流れ　焚き火の煙のように
他方は冷たい流れ　霰　雪水のように

石が穿いた洗濯用の貯水溜にはもってこい
そこで　トロイの主婦たち　かわいい娘たちは
かつては輝く衣類を濯いだ　洗濯日には　それは
ギリシアの兵士たちがトロイにやって来る前
古き良き昔のこと

＊1　アキレス＝ギリシア神話中の英雄、トロイ戦争の第一の戦士。トロイ側の英雄ヘクトルを倒した。
＊2　ヘクトル＝アキレスに討たれたトロイ側の英雄。
＊3　トロイ戦争＝ヘラ、アテナ、アフロディテ三女神のうちアフロディテを選んだトロイアの王子パリスがギリシア第一の美女、ヘレネを与えられ、トロイに連れ帰る。その結果、ヘレネ奪回のためにギリシア側とトロイ側で起こった戦争。ホメロスの『イリアド（イーリアスとも訳される）』に描かれる。

本詩で描かれるテーマは、古今東西絶えることのない人間世界の現実、「戦争と平和」である。詩人はそのテーマを、世界文学史上で最も有名な戦争の一つであるトロイ戦争を背景に描く。だが、詩人によって、トロイ戦争の「雄々しい」英雄たちはその「英雄性」を剝奪（はくだつ）される。冒頭に引用の詩「雪水」で使用された「猿の収穫」との詩人特有のユーモア的叙述のように、彼らはコミックで矮小化される。詩中、彼らはあまり強そうではない卑近でちっぽけな鳥に比喩される。次いで、洗濯する市井の女房たちが登場する。戦争は滑稽、平和は洗濯女たちの貴重な日常性として描かれる。トロイ戦争の喜劇化、ここに本詩の現代性があるだろう。平和は市井の女房たちが邪魔されずに洗濯できる時間と提示される。だがその時間は束の間であり、やがて彼女たちの井戸端に、滑稽に争う戦士たちがやって来る。しかも女たちの洗濯水は冷たい雪水である。

（引用詩は水崎野里子訳）

（初出「詩と創造」六七号　二〇〇九年夏期号）

第二章

（1）

それで　わたしはエズラだ　とわたしは言った　　A・R・アマンズ

それで　わたしはエズラだ　とわたしは言った
風がわたしの喉もとに激しく吹きつけ
わたしの発する声をもぎ取ろうと挑んできた
わたしが風に耳を傾けると

風はわたしの頭上を越えて夜のなかへと入り込んでいった
海へ向かってわたしは言った
わたしはエズラだ
しかし波からはなんの反響もなかった
わたしの言葉は飲みこまれ
打ち寄せる波の声のなかへと消えていった

（「それで　わたしはエズラだ　とわたしは言った」抜粋。
『A・R・アマンズ初期詩集』より。訳者代表、岡崎康一氏）

最近、ふとした縁でアメリカの現代詩人、A・R・アマンズの詩集（翻訳）を読んだ。『A・R・アマンズ初期詩集』と題された翻訳詩集（書肆青樹社、二〇〇八年）で、訳者の一人相馬美明氏は存じ上げている。それゆえに一層親しみが沸いた。実はほぼ十年前、私が一九九九年に初めて英米、すなわち当時の英語圏の現代詩の訳詩集を単独で翻訳、編纂したときには、アマンズは見落とした。それゆえ本詩集はなにものかへの問題提起を含んで、私に強くアピールした。正直申し上げて、アンソロジーというものは、一人の詩人を入れれば他の一人がこぼれるわけで、私がアマンズを見落としたことは致し方ない。そして、編纂、編集の場合、訳者の傾向あるいは嗜好はどうしても必然的に入って来てしまう。それゆえ、この『A・R・アマンズ初期詩集』上梓には感謝した。私としては、私の詩集編纂のできなかった部分を補塡していただいた、そのような感謝の気分もあった。

一九九九年の『現代英米詩集』翻訳のときには、私はやはり「自然詩」はなんとはなしに敬遠してしまった、そう回顧する。なぜなら、当時すでに「環境詩（エコ詩）」が言及されていて、まわりの方々から、「なんだ、じゃあロマン派の詩、または花鳥風月と同じじゃないか」というような感想もお聞きしていたからであった。私もそう思っていたことは否めない。また、一九九九年当時は、私はいまだにさほど不まじめではないキリスト者であって、自然よりむしろ思想的なラインの詩、あるいは文学を志向していた。あとがきに、「詩は思想である」といった、まあ、なんともいさましくお恥ずかしいような、なつかしいような元気な一行がある。ゆえに、結果として、いわば「自然派詩人」はウィリアム・スタフォードとゲイリー・スナイダーとロバート・フロストだけで、アマンズもロバート・ブライも（おそらくは故意に）落とした。『吠える』のアレン・ギンスバーグも落としたが、やはりこれは、彼はすでに十二分に言及されている、という理由と、当時いまだ存続していた彼へのカラ人気にそのまま乗るわけにはいかない、それならばまだウィリアム・スタフォードやスナイダーの方がいいのでは、という判断（反発？）であった。この判断は今、正しかったのではと思っている。

だが、一方、現在、アマンズに再び出会うのは、やはり私ですら影響されていた、日本の詩の土壌の中での「戦後詩」なるものの勇み足、あるいは過度の思想性志向から、今、それを補う形で一九五〇年代以降のアメリカ詩の本流が、いわゆることさら「現代詩」ぶることのない、素直な「自然詩」にあるのではという正統的な理解が日本の現代詩に芽生えて来た、あるいはその芽生えがここに一つの例として具現化したのではないか、そのような感想と感慨を私は抱いている。同時にそれは、日本の「戦後詩」に当たる同じ時期のアメリカ現代詩の本流、いわば素直な自然との対峙の詩が、日本の「現代詩」の中で正統的に改めて再び理解され始め、翻訳という形で受容、あるいは日本の詩の現況と同時振動し始めた、そういう経緯であるのかもしれない。そもそも当時も今も、英米だけではなく世界中に影響を与えていたハイクの中心は自然との対峙である。日本でももちろん、その正統的なラインでの俳句や短歌は当時も今も依然として書き続けられている（た）はずだ。日本では「現代詩」と「俳句」は別ジャンルとして区別するが、海外では同じポエム（詩）として区別はされてはいない。

一方、ウィリアム・スタフォード、ゲイリー・スナイダー、ロバート・ブライ、デニーズ・レバトフなど、彼らの詩は「エコ詩」とも読めるし、彼らは同時に「文明」への批判を詩の中に託している。そして、当時のベトナム戦争への反戦意識も。彼らは、人生の中の重要な要素としての「平和」を自然との対峙の詩に託してもいるのである。彼らの何人か、たとえばスナイダーもギンスバーグも、東洋的な禅思想に影響された。それゆえ、いみじくも『A・R・アマンズ初期詩集』のあとがきで岡崎康一氏が述べておられる、アマンズを「フロスト以降最もエマソン的な詩人」と理解する一節は私の記憶に残った。エマソンも同じく東洋的な自然、宇宙思想に影響された自然派（宇宙派？）の詩人である。その上、当のロバート・フロストがいる。私は彼の詩は私の『現代英米詩集』に訳出した。なぜなら、好きだったからである。当時、やはりフロストをあえて日本の「現代詩」に挑戦させることは、かなり勇気を必要としたと、いささか自己主張したい。

（2）

二〇〇六年にイェイツ・サマースクールでマイケル・ロングリーに出会ったとき、彼は「フロストが好きだ」と述べたことについては、私は前稿で書いた。またサマースクール中、W・B・イェイツのセミナーで、イェイツの詩とソローなどいわゆる「アメリカのロマン派詩人」との関連、影響の仮説が出た。それゆえ、マイケル・ロングリーが「フロストが好き」と述べたことには、今考えるとそう不思議ではないような気もする。ゆえに詩人の「抵抗、独立」の詩と同じく、イェイツからの系譜の流れと見なすことも可能であろう。それは、アメリカの現代詩人の場合と同じく、アイルランドの現代詩の豊かさと幅の広さでもある。そして、今にも続くロマン主義的な傾向の流れの現れでもある。自然を描くこと、もちろんそれは彼らにとって、「抵抗、独立」のテーマを放棄することではない。同じく、政治的、社会的なテーマを描くことは、他のテーマ、たとえば自然、宇宙の探求の詩的な可能性を放棄することでもない。だがマイケル・ロングリーの詩集『雪水』を一読して、たとえば一貫して政治的、歴史的なテーマを追求するシェイマス・ヒーニーの詩の中の自然詩よりも彼の自然詩は素直で個人的だ、そのような印象がある。だが、マイケル・ロングリーの詩にある特有のユーモアとアイロニー、これは見落とすと足を掬われるだろう。すなわち、詩人の詩はそう単純では、ない。

アメリカ十九世紀のエマソンを代表とするロマン主義に現れる東洋思想はともあれ、鈴木大拙やエズラ・パウンド、そしてゲイリー・スナイダーやジャック・ケルアックによる、日本の禅思想と俳句の自然対峙との合一理解が総じてアイルランドの現代詩人にも及んでいると決断することは、性急、あるいは我田引水すぎるかもしれない。西欧にも巨大で長い自然詩の伝統がある。ゆえに、マイケル・ロングリーの詩集『雪水』は、詩人が暗に告白した、ロバート・フロストとの単一的な繋がりとだけ考えた方がより無難と思う。あるいは、一九六〇年代に現代アイルランド詩人によって描かれた素晴らしい一群の「抵抗詩」を知る者には、当詩集はあるいはもの足らなく思うかもしれない。実は、私もその一人ではあるが、一方ではロングリーの当詩集中の詩には、同じく読む者を楽しませる何かがある。それはおそらくは新たな時代の新たな詩風の展開とも見なされ得るだろう。だが。『雪水』で詩人が表明しているものは、一つには「老い」である。詩人は「老い」の境地、その日々を描く。あるいは寂しい老いの日々もあるだろうが、詩人はその境地をひそかに楽しんでいるかのようだ。

月のケーキ　　マイケル・ロングリー

ちっぽけな人里離れた山荘　そこで　私は絵を描く
アーモンドや梅の花を描き込む　極めつきの老齢に
（冬の終わり　一面の雪
天空の満月は
照らしている　おんぼろの仕事場を）
私はジャスミン茶を飲み過ぎてしまう
そして月のケーキ（作り方は複雑だ）

ロングリーは我々の知る東洋的な仙人の、老いの境地を楽しんでいるかのようだ。それはあるいは「コノイサー（凝る者、原義はワインの味を味わい分けることのできる者）」と自認する詩人の独自の生き方なのかもしれない。その仙人ぶりは我々にはなつかしく、また楽しい。人里離れたあずまや、老いを描き込む花の絵。満月。ジャスミン茶、そして月のケーキ。だが、あたりは一面雪で覆われている。月に照らされる雪の凝固は、月のケーキと形容される。追求される寒さの比喩。これは何を意味するのか?

次の詩は「十月の太陽」との題名である。

十月の太陽　マイケル・ロングリー
——マイケル・ハートネットの思い出に

お前の中の慰め切れない何かが　私を見据える
十月の太陽の光は　雨の道路を暖めてはくれない
皮肉でも言ったらどうだ　二人で道を歩きながら
泥炭の山で手を暖めたい気分

すぐれた詩は　慰めなく構築される
それぞれは何度も操作される　マイケル

おまえの詩は　どしゃぶりに耐える
雲雀の小寒いハレルヤ賛歌
コマドリの秋の歌のように

本詩は難解だ。友の中の「慰め切れない」なにものかとは何か？「皮肉」とは何か？二人は歩きながら泥炭の山で暖を取ることを望むように、十月は寒い。そしてマイケル・ハートネットとの思い出の連想で詩が語られる。詩を練り上げる、慰めのない非情な仕事。雲雀の鳴き声は寒い。詩人は寒さを慰められることなく非情な時間のどしゃぶりの中で詩を書くという認識。自戒。雲雀やコマドリの春の賛歌は十月の寒さの中で凍える。以上の二つの詩に見る、寒さのヴァリエイション、それは、フロストの詩の中にあるボストンの北の寒さと連関しつつ、だがまた別のなにものかを我々に提示している。

詩人はアイルランドの寒さを見つめる。その彼方にあるものを詩人は知っている。そしておそらくは我々も。歴史と国土の寒さを、一見の自然詩の中にどう暗示するか？詩人は知っている、そして自戒する、その仕業の非情さ、つらさを。そして、詩人にとって「老い」も寒く非情な境地であるのかもしれない。その境地を詩人は自然と宇宙の中に見つめる。それは慰めの不在と寒さという皮肉な現実である。

（初出「詩と創造」六八号　二〇〇九年秋季号）

第三章

（1）

神威岬　　麻生直子

他人の捨てた土地を鋤く
くりかえしくりかえし凍土をほぐしていく
草むらに倒れ身動き一つしないで寒空をみつめる
もう帰ることも戻ることもできないのか
葉を枯らす潮の匂いに歯ぎしりをする

幼いむすめらの質問をもてあます
やわらかいこぶしを胸に受けながら
沈む弧島のかたちで夜ふける
岬の墓地に行って無縁仏の幽鬼に会った

笑ってたさ
よそもののぬかるみの歴史を
だがいまに笑い返してやる（略）
けだるい怨念など冬の魔神に連れ去られてしまった
思い出すだけでぐったりしてくる
冷たい蒲団をひきはがす
寝入ったむすめのかたわらにもぐりこんで
ぬくもりを奪う

目をさますな
今夜も
おまえの母は
耳まで裂けて眠るのだ

（日英対訳現代日本詩アンソロジー『ドーナツの穴』より、二〇〇一年、水崎野里子編訳）

周知のごとく、引用詩の作者麻生直子さんは現在東京にお住まいで、日本現代詩人会の重鎮であり、詩人としても今なお活躍中である。生まれは北海道、奥尻と記憶する。年譜によれば十二歳のときに離島とあるが、氏は現在でもなお日本の「北」に執拗なまでに固執している詩人である。氏の詩集には『北への曳航』（一九七四年）、最近では『足形のレリーフ』（二〇〇七年）がある。現在、丸山由美子さんが麻生直子論を某詩誌に連載中であるので私などがさらに申し上げることはないと思うが、麻生直子の「北の地」への固執とその一貫性は見事であり、寒さと貧しさを赤裸々に淡々と語る詩法は注目すべきである、と付け加えたい。当時も今もなお、「自分の地」、「その寒さ、貧しさ」を赤裸々に語る日本の詩人はそういなかったし、いないはずだ。それも日本の極北。他人の捨てた土地を鋤く。「他人」はどうしようもなくて土地を廃棄したのだろう。その土地は「凍土」だ。凍えて固く、鋤くこともできない土地。だが、鋤かないで「ほぐしていく」ことが精一杯の努力である。詩中の女は「もう帰ることも戻ることもできない」と語られる。歯ぎしりのほかはない。「無縁仏」の墓。「よそもののぬかるみの歴史」。幼いむすめたちはこぶしを上げる。女は今夜も鬼となって眠る。怨念の化身だ。

本詩が、かつて内地から強制的に移住させられた屯田兵の家族（もう帰ることも戻ることもできない、よそものの歴史）に言及しているのかどうかは、あるいは単に極北に移住して生活の道を格闘する家族に言及しているのかは、いまだ御本人にはお聞きしていない。だがとにかく私が本詩の背後に見るものは、久保栄の戯曲『火山灰地』に描かれるのと同じ不毛の「北」の地との人々の格闘の歴史である。

　麻生直子さんに関してはもう二つのことを付け加えたい。私が翻訳詩集『現代アイルランド詩集』を刊行したとき、氏から直接電話をいただいた。その意味を当時もうすうすとは察知していたつもりであるが、今明確にその意味を理解する。氏は北海道、奥尻とアイルランド、それもおそらくは「北アイルランド」を繋げてくださっていたのだ。この理解は翻訳者としては非常に嬉しかった。海外詩の翻訳が日本の土壌の中で理解され、受け止められること、それは翻訳者としては極上の至福である。そして。私もまた逆にアイルランド詩の翻訳、研究に関連して日本の「北」の問題に目覚め、教えられていった。もう一つのことは、本年二〇〇九年の日本現代詩人会の「日本の詩祭」のイヴェントでアイヌ詩人であり刺繡家であるチカップ・美恵子さんが招かれて講演なさった（おそらくは麻生直子氏の配慮）が、その中でチカップさんがアイヌ民芸についての日本の中央側の「同化政策」のゆえにアイヌ刺繡もだいぶ弾圧を受けた歴史的経緯があるが、今後も励みたいと述べていらしたことである。実はこの「同化政策」もマイノリティの抵抗が中心にあるアイルランド詩に相応する。特にアイルランドの北。チカップ・美恵子さんのご冥福をお祈りする。

（2）

マイケル・ロングリーの詩集『雪水』所収の詩には、さほどもはや「闘争的」なタッチはない。一見ロングリーにあっては、むしろ興味は自然とエコロジーに移行したかのように見える。詩集中、植物、動物への言及はかなり多いと見た。それはあるいはロバート・フロストの影であるかもしれない。だが、次の詩は興味深い。

二匹の雉　　マイケル・ロングリー

まるで　結婚の祝宴の大悲劇からやって来たように
雄雉は特別製のチョッキを着用
耕やされた地面の上で爆発　そこに
ぼくたちの前の車が花嫁を押し潰していた
僕はそのありさまをすかさずバック・ミラーでキャッチ
頭を誇大化の北斎の版画のように
白い首輪　赤い肉垂れ

長い赤銅色の尾っぽ　優雅と痛み

本詩を詩人の名作、「リネン工員」のテロで死んだ犠牲者の描写、

奴らが十人のリネン工員をぶっ殺した時
脇の道路の上に眼鏡や
財布　小銭　入れ歯が転がっていた
血　食べ物のかけら　パン　そして酒が

と連想する読者もいるだろう。いわゆる「誇大化」、「強調（原語はハイライト）」の技法である。だが、「二匹の雉」は、テロの犠牲であるとは、詩人は「リネン工員」ほどに直接的には言わない。さらに「二匹の雉」も「リネン工員」の引用部分も四行詩連で書かれている。シェイマス・ヒーニーもよく使用する人気のスタンザであるが、『雪水』所収の「二匹の雉」の方は四行詩連を二つ連ねているだけの短詩である。それに突然に出て来る「北斎」への言及はありがたい。ただ、これ如何に?

『雪水』において、オリエンタルな事物への言及、あるいは詩語の使用が多いことは前稿でも言及した。そしていざ、わが日本の浮世絵の芸術家として海外では名高い「北斎」と

再び言われて気づくことは、短詩がかなり多いことである。詩人の四行詩連の多使用は既述であるが、三行詩連の使用もある。三行、四行詩連は西欧発祥の有名な詩形、ソネットの基本形のスタンザでもあるが、一方では中国の絶句（七言絶句、五言絶句や日本の英語俳句）の基本スタンザでもある。詩人は中国茶の愛好者でもある。詩人は北斎の技法を「誇大化」、すなわち必要な箇所にハイライトを当て、余分は省いて言いたいことだけを短く強調する手法と理解する。それは北斎の手法であるとともに、わが俳句、中国の絶句（日本でもかつて漢詩として書かれた、韓国でも）の技法、詩法でもある。詩人の目論見は、オリエンタル芸術に倣ってオリエンタル的な効果を狙ったのか？　三行詩連はシェイマス・ヒーニーもよく使用のスタンザである。それはダンテも使用したが、英語俳句の基本スタンザでもあり、そしてわが国では石川啄木が短歌に三行詩連を使用した。韓国に時調（シジョ）がある。詩人に直接聞いてみない限り断定できないが、マイケル・ロングリーは一連の短詩（四行詩連二つでも、西欧の詩としては非常に短い）によって、俳句を含むオリエントの短詩を狙ったのではないか？　短歌、と言っても詩人は否とは言わないであろう。

アイルランドの「現実」と「芸術性」の総合。これはマイケル・ロングリーを持ち出すまでもなく、ノーベル文学賞受賞のW・B・イェイツの詩の基本姿勢でもある。そして「芸術性」にオリエンタル性を応用したのもイェイツである。アイルランドに行って改めて感じたことであるが、現在のアイルランド詩人もイェイツを師と仰ぎ、イェイツの伝統を受け継ごうという基本姿勢を忘れてはいない。海外詩の中で、日本の短歌はむしろイェイツの系譜の中で理解され、彼と結びつけて理解されている。最近、野口米次郎の英文詩集が再刊となり、ヨネ・ノグチの名が再び聞かれるようになったが、彼の再評価の第一の点は、英語による俳句、あるいは三行の短詩の再びの世界的な着目と、彼の日本文化の海外への紹介であろう。シェイマス・ヒーニーほか、アイルランドにも英語（あるいはゲール語？）で俳句を書く詩人は多い。マイケル・ロングリーは彼の短詩を俳句とは名付けてはいない。だが、俳句、北斎の浮世絵を参考にして詩人独自の「短詩」を創造したと評価できるのではなかろうか？

短詩の「芸術性」の陰に、アイルランドの北の「政治性」にも短く言及、強調（ハイライトの技法）するのが、イェイツを生んだアイルランドの詩の伝統でもある。そう考えれば、『雪水』で描かれる自然もまた、フロストとは別のもう一つの文学的系譜を察知できる。日本の俳句の伝統である。だが、やはりアイルランドの詩の伝統はしたたかだ。詩人はそうかんたんに安息の境地へは辿らない。

老いた詩人　マイケル・ロングリー

アン・スティブンソンのために

老いた詩人は吐き出す
噛み尽くした紙の銃弾を
じゃじゃ馬の尻尾　蛙の骨
甲虫の羽　叡智の包装

（初出「詩と創造」六九号　二〇〇九年冬季号）

第四章

（1）

一〇八二　〈あそこの田はねえ〉　宮沢賢治

あすこの田はねえ
あの種類では
窒素があんまり多過ぎるから
もうきっぱりと灌水（みず）を切ってね

三番除草はしないんだ
　……一しんに畔を走って来て
　　青田のなかに汗拭くその子……
燐酸がまだ残ってゐない？
みんな使った？
それではもしもこの天候が
これから五日続いたら
あの枝垂れ葉をねえ
斯ういふ風な枝垂れ葉をねえ
むしってとってしまふんだ
　……せはしくうなづき汗拭くその子
　冬講習に来たときは
　一年はたらいたあととは云へ
　まだかがやかなリンゴのわらひをもってゐた
　いまはもう日と汗に焼け
　幾夜の不眠にやつれてゐる……
それからいいかい

今月末にあの稲が
君の胸より延びたらねえ
ちょうどシャツの上のぼたんを定規にしてねえ
葉尖(はさき)を刈ってしまふんだ
……汗だけでない
泪も拭いてゐるんだな……

（略）

……雲からも風からも
透明な力が
そのこどもにうつれ……

近頃かなりよく宮沢賢治への言及を聞く。賢治と法華経の関係は石村柳三氏が書いているし、二〇〇九年には和田文雄氏の著作『宮沢賢治のヒドリ』が日本詩人クラブの詩界賞の候補になった。現在手元にある「日本現代詩人会報」（二〇〇九年十一月発行）でも「二〇〇〇埼玉詩祭」報告として原子朗氏による講演「宮澤賢治と現代」の記録がある。やはり現在の日本の詩人はいわゆる「カルチャー式」のうわべばかりのなんとか詩より日本の土壌に根付いた本格的な文学を求め、評価しているのであろう。

私にも賢治に関しては最近特筆すべき一経験がある。宮沢賢治と農業との関係は、単純に私は「サムサノナツハオロオロアルキ」（「雨ニモマケズ」）で類推していた。また『農民芸術概論綱要』も一読していた。彼が土地の土壌改革にも従事していたことは知っていた。ああそうなのかとは思っていたが、他日、村山精二氏の朗読会（天童大人氏主宰）にて、賢治が化学者として東北の土地の実際の土地改良に励んだこと、そしてその賢治の仕事を御自分も本職は化学者である村山精二氏の口からお聞きしたとき、改めて、農地の土壌改革に取り組み、後世に共鳴者を惹き付け続けている賢治のもう一つの姿がより明確な印象と化した。「農民として生きたい」、「自然とともに生きたい」という彼の姿勢と願望は単なる詩的な比喩や願望ではなく、農学化学者としての職業上の本音、実際の生活なのだ。その認識は貴重であった。『農民芸術概論綱要』の中で以下の記述がある。

おれたちはみな農民である　ずゐぶん忙がしく仕事もつらい
もっと明るく生き生きと生活をする道を見付けたい（略）
世界がぜんたい幸福にならないうちは個人の幸福はあり得ない

また、彼の全集の中には具体的に土地改良に関する化学、農学論文も残されている。賢治の文学は、童話や詩の中に表現される自由な空想の世界と東北の自然や家族など人々との日常性をとどめる対峙の底に、実際の土地改良者としての苦衷と苦難の生活がある。それは比喩ではない。詩はサイエンスと結び付いているのだ。そこに堅固な賢治の文学性がある。現在、宮城米は簡単に購入できる。だがそこに賢治を始めとする農学者たちの真摯で持続する苦難の道、東北の不毛の凍地との苦難の対峙があったことを我々は知るべきである。そして。一人の詩人が読者の生活の仕方にまで浸透し、影響し、それを変え得る深さを持ったとき、それはまことの文学と言えるのではないだろうか?

宮沢賢治の文学は実はアイルランド現代詩を学ぶ者にはきわめて親近感を抱かせる。寒い北の地で農民として生きること、北の現実と苦闘すること——周知のごとくアイルランドはしばしば飢饉に襲われた。いわゆる「ジャガイモ飢饉」として有名である。多くの人々が餓死に至り、多くの人々が職と食を求めてアメリカへ移住した。イーヴァン・ボーランドはその「大飢饉」(十九世紀半ばの飢饉が有名)に言及している。シェイマス・ヒーニーの第一詩集の冒頭の詩はジャガイモ掘りの男たちの労働である。一方、アイルランド詩人としては年代的にはシェイマス・ヒーニー、マイケル・ロングリーらの先達にあたる次のパトリック・キャバナー(一九〇五—六七)の詩「大いなる飢餓(グレート・ハンガー)」は具体的にアイルランドの農民の姿を一種の長い叙事詩(七百五十六行)として描いている。

（2）

大いなる飢餓

パトリック・キャバナー

ジャガイモを収穫する男たち――マガイアとその仲間――は
機械仕掛けの案山子のように動く丘の斜面
そこでは土が言葉、土が肉体
彼らを一時間ほど眺めていれば
「死の本」を読むように　人生の真実を見る（略）
最後の一人が湿った土塊の袋のように斜面を転がり落ちる
曲がり角での方向転換はむずかしい
鋤が置き去りにされ　鍬が立てられていて道を狭めている（略）
「その籠を前へ押し出し　倒れないようにこの窪みに
置いてくれ　ジョー　荷車の軸棒を下ろして
馬に乗れ」マガイアは大声で叫ぶ

「凪がプラナガンの家の上だ　雨が来るか？
股鍬で枯れた集めた茎を乗せ　でこぼこの山道を下る時
ジャガイモが荷車からこぼれて落ちないように注意しろ
十二月になったら　仕事がある　やらなきゃならん
湿地の縁に砂利を敷きつめ　道を作らなきゃいかん
あれはカシディの驢馬か　そっちは俺のクローバー畑だ　出て行け！
どこに行った　俺の犬は　必要なときにいつもいないじゃないか」
マガイアは不平たらたら　土の塊がこびりついた口髭あたりから
唾を飛ばしながら　周囲を見下ろしていた
彼の夢は　雲を揺さぶる凪のように変わった
マガイアの母親はかつて言った
お前は畑を花嫁にした男だね　と
だが今は　それが正しいかあまり自信はない（略）

マガイアは死とまじめに向き合っていた
母親が九十二歳で死ぬまで　面倒を見た
長生きしすぎた

母親は主婦と母親の両方の役割を果たしていた
彼女が死んだとき　マガイアの尻には
指のように関節が浮き出していた　六十五歳だった（略）

以上の詩からシェイマス・ヒーニーの詩のいくつかを思い出す読者もいるだろう。アイルランドの「農民詩」の伝統は重い。リアリズム的な描写。土との闘い。愛。貧しさ、だが幸福もある。そして家族への言及。キャバナーのこの詩にジョン・ミドルトン・シングのアラン諸島に関する著作、『海に騎りゆく人々』などの戯曲（石と風ばかりの島、懸命に生きる島民の生活のありさま。次々とひとびとは荒海に溺れる）を加えれば、現代アイルランド文学の基本的な一つの様相が見えて来るはずだ。それを宮沢賢治を含む日本の「北」、「極北」の土地と格闘する日本の詩人たちの詩が重なって来る、否、重ね合わせたいのは私だけではないと思う。次のくだりもキャバナーの「大飢餓」中の一部である。

世間の人間は
農民を観察し　話題にする
農民に悩みはない
小さな畑を耕し　種をまく

新鮮な食物を食べ
新鮮な女性を愛し
誰の支配も受けず
農民の簡素な生活は
世の始めから変わらない
彼のために囀る鳥たちは不朽の聖歌隊
彼が行く場所にはどこでも花がある
彼のこころは純真
彼の頭脳は明晰
モーゼやイザヤのように　彼は神に語る
追い立てられる牛馬と少しも違わない農民（略）
農民がいなければ基礎となる文明は必ず死滅する（略）

農民は予言の力を持つ　自然の子供だ（略）

キャバナーの農民への叙述にはだが希望と聖書への言及（『創世記』のアダム）がある。農民の生活の貧しさへのリアリズム的描写と聖化。キャバナーの詩風のリアリズム性と宗教性は、ヒーニーなど、のちのアイルランドの詩人たちにも流れ込んでいる。ではマイケル・ロングリーにも？　私は調べてみた。

短詩、北斎や雪見の中国茶も出現する洒落たマイケル・ロングリーの詩集『雪水』にはもはやさほどの「農民性」はない。詩人はむしろ知的なインテリの感である。だが次の詩が詩集中にある。

最後の畑　　マイケル・ロングリー

闘って来た僕たちは　今友達
だから僕と歩いてくれ　農場の最後の畑まで
蘭が生えている――ピラミッド型　確かだよ
サンザシの生け垣をくぐって　小道を渡る
頭の高さより高いトウモロコシから　ピンク色の花輪
ミース地方の石灰質の平たい平地の上では
予期出来ないこと　セイヨウハシリドコロ草や
トウモロコシの種に隠された　深紅のルリハコベのように

隠れ者　追放された者　稀有の存在
深緑色の君の収穫の　実用的な率直さの傍らではね
（牛たちの飼い葉さ）それから他の植物も見上げよう
花の群の中で　僕たちが立ち止まる前
一匹のトンボが僕たちの記憶の中で　韻を踏む
ここからずっと農場の動物たち　僕たちは確かめる
誰が闘って来たか　そして誰が今　友達だか

詩人は農場を友達と歩く。詩は願望の領域に立ち入り、ここでは詩はリアリズムを越える。詩人は実用的な作物の収穫よりもむしろ自然とともにある桃源郷を夢見る。それはむしろ東洋的な、「闘い」を越えた和（友睦）の世界だ。だが詩人は「最後の畑」という言葉で何を意味したがったのか？　「畑（フィールド）」は「戦場」とも訳せる。老いを迎えて詩人は最後の畑を夢見る。闘ってきた相手を友人と認める。本詩はやはりアイルランドの詩の伝統の中にある農場、そして「畑」と「戦場」をともに一語（フィールド）の中に描き込んだ佳作である。だが本当に「闘い」は最後であるのか？

（引用詩中、パトリック・キャバナー訳は小野正和、清水重夫氏訳を参考にさせていただいた）。

（初出「詩と創造」七〇号　二〇一〇年春季号）

第五章

（1）

「北の詩人」と言えば、わが国では忘れてはならない詩人に石川啄木（一八八六―一九一二）がいる。石川啄木は厳密に言えば「歌人」のジャンルに入る。すなわち自由詩（新体詩）よりも短歌の方で有名である。だが、日本では正統的な「短歌」は一行がほぼ規定である。『一握の砂』も『悲しき玩具』もほとんど五―七―五―七―七は守っているが、三行詩の形で書かれている。これは啄木の自由さを示すものであろう。次の作品は有名であるから引用には及ばないと思うが五―七―五―七―七の定型である短歌である。だが三行詩である。啄木が流浪の北海道で詠んだといわれる。

東海の小島の磯の白砂に
われ泣きぬれて
蟹とたはむる

（「我を愛する歌」より『一握の砂』）

まず定型詩論議から始めよう。彼の詩はすなわち自由詩のジャンルにも入るし短歌のジャンルにも入る大変革新的な定型詩である。彼の五―七―五―七―七型を保持した三行詩型は、当時の「時代閉塞の現状」を打開する彼の果敢な反抗と見ていいと思う。この点では啄木の仕業は百年先、すなわち現在を指針しているとの驚きがある。三行詩連定型はダンテがそしてシェイマス・ヒーニーが俳句として多用した詩型であるが、隣国である韓国に時調(シジョ)という定型詩がある。韓国の高麗以来の伝統的な短詩、あるいは短歌である。その時調は一行でも五行七行でも書かれているということであるが、三行で書かれることもある（日本の韓国系詩人が創始したと思われる）と聞くと必然的に時調と石川啄木の関連を連想せざるを得ない。私がそう考えるのは、韓国の時調は日本の普通の短歌よりも一般的に社会性、生活性、庶民性、そしていわゆる葛藤が多い。わが国では啄木の短歌を連想させるからである。相互関係を必然的に想定したくなる。

石川啄木の晩年は「時代閉塞の現状」に見るように多難な時代でもあった。関東大震災を機とした在日朝鮮系の人々の大量捕縛、大杉栄と伊藤野枝の獄死など。啄木の死の前々年の一九一〇年は日韓併合の年であり、社会主義的（啄木は「自然主義」と言っている）な文学がやがて激しく弾圧されて行く起点でもあった。また彼の死の前年、一九一一年はいわゆる「大逆事件」に連座した幸徳秋水らが処刑された年でもある。啄木を私が詩人だというのは、英語圏では自由詩の作者も短歌、俳句の作者も同じく「ポエト（詩人）」に包括され、それ以上の面倒は言わないからでもあるが、さらに彼の評論――その代表が「時代閉塞の現状」であるわけであるが――は、一般的な短詩のジャンルの壁を打ち破った果敢な仕業としてあるからでもある。啄木の必死で果敢な「食らふべき詩」への戦いがあったわけである。彼はジャンルを越えて果敢に時代と対峙した。

だが現在彼を再評価すべき点は、むしろ啄木がその「食らふべき詩」を七五調のリズムを残した短歌形式、三行詩型で残したということであろう。近代詩は思想性と「イズム」を重視する余り、詩の音楽性を見落とした。これは一方では日本の外国文学者によってしばしば指摘されている。そして第二次世界大戦後の日本の短歌、俳句排斥論、「簡単で誰にでも書ける」排斥論は、石川啄木の文学そして短詩とアジア文化との繋がりを見落としていたのではなかっただろうか？　現在では中国の古典詩が登場してくる。

現在、日本の自由詩の中に「定型詩」の問題が再び浮上して来たようであるのはまことに喜ばしいことである。海外で今、短歌と俳句は大人気である。その逆輸入の形でもあるかとも思うが、日本の定型詩の論者がともすると日本の短歌、俳句（現代・古典双方）を迂回してポーとかボードレールの詩の音楽性理論（そして朔太郎）にただちに行ってしまうことはいかにも惜しい。同列に、あるいは少なくとも海外では日本の短詩の音楽性（七五調基本）の方を先に論じた方がより評価を受けると思う。現在海外では、「詩の音楽性」の視点からも日本の短歌と俳句（現在ほとんど世界各国語で書かれている）が注目であることは申し上げる必要があるだろう。中国の律詩、絶句も平仄（ひょうそく）という綿密で厳格なリズム（音楽性）を保っている。だがもちろん、他国語では無理である。せめて四行詩を定型と考えるにとどまる。四行はソネットの一スタンザでもある。日本の俳句が世界的に敷衍（ふえん）したのは、その禅的な思想的独自性とそのより短い詩型のためであろう。俳句の場合ももちろん五―七―五型は他国語では無理である。英語などでは短い詩型に音楽性を具現するしかない。だが短ければ音楽性を具現し易い。英語での音楽性は一単語中の強弱のアクセントリズムと押韻（特に脚韻）によって形成される。もちろん、「目で読む詩」よりも「声で朗読される詩」を想定している。

T・S・エリオットも詩劇論の形ではあるが「詩と音楽性」というエッセイを書いている。エリオットにもおそらくは影響を受けて、シェイマス・ヒーニーにも詩の音楽性についてのエッセイがある。そのヒーニーも含めて現代アイルランド詩人が師と仰ぐW・B・イェイツの詩も、社会的な主題を扱おうとも、アイルランドの神話に言及しようとも、双方厳格な韻律と脚韻を多用し、音楽性、したがって詩の芸術性を具現する。

（2）

石川啄木が私の中でアイルランドの現代詩と結び付くさらなる要因は、彼が東北岩手県の生まれであり、一時北海道にも滞在した経緯にある。「北」の寒さと貧しさをみずからの生活上の貧困と交差させて「かなしさ」として彼は書く。

田も畑（はた）も売りて酒のみ
ほろびゆくふるさと人（びと）に
心寄する日

やはらかに柳あをめる
北上の岸辺目に見ゆ
泣けとごとくに

（『一握の砂』より）

啄木の詩に出るストレートな「ふるさと」への憧憬は夢の中に美しい叙情（感情（エモーション））と拡がる。だがそれはふるさとを「追われ」、「出（い）で」なければならなかった詩人のかなしみと裏腹である。啄木の短詩の中枢が「かなしさ」の叙情だと言えば言いすぎであろうか？ そのかなしみは岩手の故郷の貧しさと寒さ、そしてまさにその徹底した貧しさゆえにふるさとを慈しむ者のかなしさである。

啄木の「近代」短歌は、実はだが一方では定家の弟子であった実朝の短歌に通じる何ものかがあると私は感じる。源実朝の短歌のその中枢には、典型的ないしは伝統的な日本の「かなし（哀し・悲し・愛し）」の叙情が位置する。その叙情は短命で終わった実朝の生涯への我々の「哀れ（あわ）」の感情とともに、世を「かなし」と捉えた仏教思想に根底では通じると思う。その流れにある日本的な「かなしさ」の詩性（ポエジー）・思想と「時代閉塞の現状」への怒りを交差させたところに今なお石川啄木の文学の価値、その普遍性があるのではないか？ そしてそれは中国文化圏の律詩、韓国の短詩、時調などより広範な東アジアの文化と共通する詩性ではなかろうか？ アジアの叙情。悲しく歌う叙情。だが同時にそれは私の中でなぜか「北、寒さ」を通して、「もののあわれ」の叙情としてアイルランドの詩と交差する。

（3）

「北」の寒さ、貧しさ、故郷を追われた者の哀しみ、故郷への憧憬、夢、家族への慈しみ、

「時代閉塞の現状」への怒り――それらは言うまでもなくシェイマス・ヒーニーの詩の基盤である。マイケル・ロングリーの場合も基盤においてはまったく同じであろう。だが、マイケル・ロングリーの『雪水』においては、歴史的な戦闘やテロよりもむしろかなりの物と動物への言及が見える。それも短詩が多い。詩人は「エコ詩」の流行を取り入れたのかもしれない。だが今までに記述したように北斎や雪見の茶や俳句の精神を採用してくれたのかもしれない。

私はかつて訪れたアイルランドの田園風景の美しさに瞠目(どうもく)した経験がある。そしてサマースクールでも若手の詩人によってかなり自然詩が読まれていた記憶もある。以下にロングリーの自然詩を一篇引用する。

MARSH MARIGOLDS

in memory of Penny Cabot

Decades ago you showed me marsh marigolds
At Carrigskeewaun and behind a drystone wall
The waterlily lake's harvest of helleborines.

As you lie drying there can be only one lapwing
Immortaling at Dooaghtry your minty
Footsteps around the last of the yellow flags.

リュウキンカ草

ペニー・キャボットに捧げる

何十年も前　君は僕にリュウキンカを見せてくれた
キャリグスキーワーンで　石垣の陰で
睡蓮の湖の金蘭の収穫

君が仰向けで身体を乾かすとき　たった一羽のタゲリ鳥がいるかも
不朽としてくれる　ドーアフトリーでの君のふらついた
足取りを　最後の黄色い旗の廻りで

本詩は詩集中、目次順で最初から六番目の詩にあたる。キャリグスキーワーンとドーアフトリーはアイルランド（アイルランド共和国の方、すでに独立）の地名である。キャリグスキーワーンはメイヨー州（アイルランド共和国に所属）にあり、そこで詩人は山荘をキャボット夫妻（ペニーとデイヴィッド・キャボット）から借りて週末を過ごしている。詩人はその地の美しい自然に魅入られている。ゆえに本詩集『雪水』の統一主題はメイヨー州にあるキャリグスキーワーンの自然なのだ。インターネットでCarrigskeewaunをサーチしたところ、ロングリーの言を示す以下の記述に出会った。以下はその翻訳である。予期通り詩人は環境学に言及している。

キャリングスキーワーンは私の人生を徹底的に変えた。それは私の詩を変えた。私がアイルランドの西部地方に行くとき、そこの土着の人々と色彩豊かな会話をしに行くのではない。鳥や花々そして美しい田園風景を見に行くのである。鳥を見ると私の心臓は止まり、腹はぐるぐる廻る……鳥は私には人間の魂の象徴、精神的な抱負の象徴である。

私は私の詩で自然界への尊敬と驚異を人々に感じてもらいたいと希望する。キャリングスキーワーンは信じられないほど美しい。そこは私にとって世界中で最も魅惑的な場所である。エデンの園であり、私はしばしばその場所に思いを馳せる。たとえ私がベルファーストにいようとロンドンにいようとニューヨークにいようと、私が意気消沈しているとき、私は心の中で散歩に出掛け、周囲に小さな廃屋が並ぶ山荘への道を上り、立ち、風景を取り込む。

現在最も緊急を要する政治的な問題は環境学的な問題である。いかに私たちは地球を植物と他の動物たちと共有するか。私の自然に関する著作は私の最も政治的な関心である。私のメイヨー詩の中で私は政治的な暴力から逃避しようとしているのではない。私はキャリングスキーワーンから北の暗黒を根絶する光を望む。その世界を綿密に描写することはその神聖化であり、破壊的な教条主義の阻止である。……詩人の精神はノアの箱船のようでなければならない。すべての動物のための場所があるべきである。

ロングリーがアイルランド政府のエコ政策宣伝に乗った、というわけではなかろう。詩人はキャリングスキーワーンの自然の美しさに魅せられ、愛し、そしてそれが「北の暗黒」を救う道に繋がることを希望する。それはベルファースト（北アイルランドの首都）ばかりではなく詩人が列挙した「喧噪の都会」を田園の自然の光で覆い尽くそうという意気込みである。そして動物や鳥や植物、花々とともにある共生の世界を理想とする――すなわちもはや戦いも人間のいさかいもない万物が共生する理想の自然の世界を。

冒頭の詩は三行連を二つならべた短詩形である。俳句のように、詩は自然と対峙する。

その点が、そして当地の自然の中に詩人が「北の暗黒」を救う夢を心から求めた点が、本詩を単純な、現在流行のエコ詩の常套に落ち込むことを助けている。本詩は「都会」から「田園」へという現在の世界的なベクトルをも具現している。

詩の後半で言及されるドーアフトリーとは、他詩にも言及があるがキラリー港の近くにある海浜地帯であり砂浜が広がる。砂地は岩の間を抜けて内陸にも拡がり浅い砂底の小さな湖が点在する。詩人はかつて友人（あるいは奥さんか？）とそこを歩いた。彼女はつまずく。ユーモア溢れる散歩の思い出。

詩人は本詩集で新しい詩の方向を摸索しようとしている。だが「土着の人々の会話を避け」、人間の喧噪から逃れて、果たして「北の暗黒」は救えるか？

夕闇　　マイケル・ロングリー

夕闇が小屋の中
そして馬小屋
太陽女(ラスティ)は行ってしまった
林檎やクルバマ草の
匂いのする　艶(つや)やかな膝も

行ってしまった
彼女の焔も行ってしまった

やはりマイケル・ロングリーの詩の持ち味はユーモアと諧謔だと思う。だが田舎女に擬人化された太陽の喪失、この夕闇への言及はユーモア、アイロニーと言えども痛ましい。

（初出「詩と創造」七一号　二〇一〇年夏季号）

第六章

（1）

ここに一冊の本がある。著者は相澤史郎氏でタイトル名は『北の唄』とある。実は本著は本論掲載の初めにまず言及すべきであったのだが、一つには私の本翻訳・エッセイコーナー連載に至る種本、ヒントの一つであったので、ひとまずは相澤氏の名を伏せて独自のエッセイ展開を私に許していただいた。ゆえに第六回目での登場となった。数年前に石原武先生から某出版社の新年会で相澤氏御本人を直接紹介いただいている。当時すでに氏の詩は拝読していたし御名も知っていたが、私はそのときは氏もまたアイルランド詩と文化の研究家と記憶した。だがその後、相澤氏の詩やエッセイ集『北の唄』（二〇〇七年）を拝読して氏が学者としてのアイルランドの研究論文に専念ばかりではなくむしろ詩人、劇作家を含む総合的な文学者として日本の「北」の問題に対峙し、独自の視野の展開と日本の北の問題を鋭く追求されていることに瞠目した。そして、相澤氏は「北（東北地方）」の岩手県に生まれている。すなわち石川啄木や宮沢賢治と同郷である。氏は当著のあとがきでこう書いている。

岩手生まれの私は上京してからもう五十数年もたった。

フトン袋に柳行李一つ、もう年をとった父母を残して、一人息子の私は複雑な気持ちで夜汽車に乗った。あのときは、まさか五十数年も他所で暮らすことになるだろうとは夢にも思わなかった。そのせいか、故郷を発ったときの情景がはっきりと脳裏に刷り込まれてしまった。故郷とは、「……遠くにありて想うもの」だろうが、私には立ち去るときのほうが強く意識されたようである。（略）

私の故郷意識は「故郷喪失」の心情である。詩・エッセイ・芝居、何を書いてもこの心情は消えない。どんなにテーマを変えても、喪失の心情が基底音のように重く底辺を這っている。音楽でも、チェロやベースが好きなのはこのせいかもしれない。

（残念ながら）氏との初めての東京での実際上の出会いに東北弁の記憶はない。だが。引用の氏の「故郷」感は実は私はおそらくは氏とは正反対のベクトルで引用した。引用中、氏は立ち去るときの氏のふるさとを「遠くにありて」想っていられる。だが、「（悲しく）唄う」ことによって逆に「ふるさと」により明確、分析的に常に回帰して「喪失」どころかむしろまさに「ふるさと」をいきいきと獲得し摑み生きておられる。その驚きがある。「喪失」が「豊穣の獲得」に転じること――氏の「喪失のふるさと」への感慨は逆に今、エッセイの中で堂々と東北の貧しさを明言し堂々とまさに「北に生きる」たくましい逆説として我々に迫る。それはあるいはアイルランド文化と歴史を御存知の氏の学者としての強さかもしれないが、母親が働きに出て帰宅の遅い少年の自殺の問題を扱った「一人ぽっちの少年の死」、「春　山間にはまだ尺余の雪が」、「夏　凶作」、「秋　米の呪い」、「冬　出稼ぎ者の暗い悲劇」のシリーズに見るように、氏はふるさと「北」の貧しさと「寒さの夏はおろおろ歩き」の現状を社会学的な冷静なまなざしで眺め、分析・告発する。それは宮沢賢治や石川啄木の文学と同次元である。そして彼らと同じく、やがて逆にその属性を「北の土俗性」として詩人としては氏も高らかに「唄って」いる経緯と化す。本書中、また私の個人的な印象に特に訴えた箇所は第一章「北の唄」中の「ごぜのブルース」であった。氏はごぜ唄として戦争（近代のいくさ）で死んだ男たちへの女の嘆き節を表記している。これは驚きであった。

室町時代に発祥で全国に普及と言われる本来は盲目の女旅芸人「ごぜ」芸能は、特に「祭文松坂」あるいは「口説き（ラブソング）」、「越後ごぜ唄」などで記憶に留めている方も多いかと思う。インターネットでサーチすると、現在では盲目ではない若く美しい女性歌手も「ごぜ唄」を歌唱し人気である。だが、私の記憶の中では「ごぜ唄」には常に盲目の女性芸能者（ハンディキャップト）と彼女たちの笠と津軽三味線を背に放浪する姿が付きまとう。彼女たちはしばしば日本手拭いで姉様被り。現在の私には正直のところチェロやベースよりもむしろ楽器としては「津軽三味線」の印象が強い。日本の「北」、「津軽」の名を冠した太棹の民俗楽器。荒々しく野性的なその音色の見事さは、私はかつて蜷川幸雄演出の「王女メディア」（ロンドン公演で嵐徳三郎が主演男優賞受賞）の日本公演を観て瞠目、以来病みつきになった。もちろん津軽三味線の奏者には男性も多い。蜷川の演出では津軽三味線の奏者は全員男性で全員笠に黒の僧衣装で効果を上げた。また現在津軽三味線の海外公演の人気ではリストアップに事欠かない。沖縄の三線（さんしん）（蛇皮線）とともに日本の民俗楽器の代表であろう。その津軽三味線を奏でる盲目の女旅芸人。荒々しい風土と気候の中での荒々しくたくましい音色。盲目と女と旅芸人という社会の底辺に生きる者の、貧しさとハンディを蹴飛ばすヴァイタリティ。相澤氏の「北の唄」には惚れ込んでしまった。

（2）

アイルランド島の「北」に住む者の「故郷喪失」意識は、実はふるさとを発った者の父母破棄の贖罪（しょくざい）意識に留まらないなにものかがさらにある。日本で言えばかつてのサハリン、樺太からの引き揚げ者、あるいは中国の内モンゴル（かつては満州と呼ばれた）から第二次世界大戦の日本の敗戦で「内地」へ引き揚げて来た人々に似る。すなわち「領土」の縮小、あるいは喪失である。いつか日本のある大手の詩団体発行の詩誌に北アイルランドをイギリスと明記した論文が掲載された。その論文に関してその団体の運営委員の一人が「北アイルランドはアイルランドと思っていた。イギリスと初めて知って勉強になった」と述べていた。いささか情報の欠如と混乱があるかもしれないので申し上げたい。確かに北アイルランドの正式の国籍はイギリスなのだ。すなわち北アイルランドはいまだにイギリスの支配下にあり、住民の国籍はイギリスに属する。だがイギリスへの従属を嫌うアイルランド人（カトリック系）は今でもイギリス（プロテスタント系）からの独立を願い、IRAによるテロも絶えないわけである。彼らに味方すればやはり北アイルランドをイギリスと明言するにはためらいがある（かつて日本統治下の韓国で、韓国の人々にお前は日本人だと呼ぶのと同じ経緯である）。わかってほしい。アイルランドはイギリス支配との関係、あるいは「統一派」と「分離派」の勢力関係でかなり複雑に「国境」が変化し、そのためにいまだ両者の相克が絶えない歴史的な経緯がある。その混乱の収拾策として、一九九七年にイギリスで労働党政権が登場した翌年一九九八年四月、当時のブレア英首相とアイルランド共和国首相は北アイルランド和平の包括的な合意に署名した。内容は北アイルランドに地方議会を新設、北アイルランド議会とアイルランド共和国議会の代表で構成する南北議会を新設とある。すなわちカトリック派とプロテスタント派の和平政策である。当時日本で私は「よかったわね」と言われた。だが予想通りその後もテロは絶えてはいない。

二〇〇六年の七月末から八月初めにかけて、私は「イェイツ・サマースクール」参加のために、アイルランド共和国内に二週間滞在した。ある一日、私は日帰りでバスで簡単に国境を越えて北アイルランドのデリーまで行って帰って来た経験がある。「国境」を越えるときパスポートの提示は乗客に要求されなかった。ゆえに私も迂闊でデリーに到着後、早速見つけた食堂でランチを食べようとしたら、持っていたユーロ貨幣は使用できず、あわてて近くのATMでカード使用でイギリス通貨のポンドを引き出した経験がある。ゆえに、かくも恥ずかしい無知をさらけ出すありさまであるから既述の日本の詩人を責める権利は私にはないわけではある。その日帰り旅行の真の目的はデリーにおけるサッチャー英国首相時代に起こったかつての「血の日曜日」事件、すなわち北アイルランドのカトリック系の人々のデモ行進にイギリス軍（空挺隊、ベルファーストから発進）が発砲、子供を含む十三名（十六名とも言われる）の市民の死者を出した事件を報じる博物館を訪れ、その事件の内容と事件の全貌を確認することにあった。その事件に関するシェイマス・ヒーニーの詩の翻訳チェック、確認の目的もあった。その後デリーには宿泊せず再びバスでアイルランド共和国内に戻ったが、私の顔を見てアイルランド文学を専門とする日本人の友人は「ベルファーストには行かない方がいい」とアドヴァイスしてくれた。だが一方では、文化上で「アイルランド自由国」という概念があり、「アイルランド詩」はアイルランド共和国と北アイルランドのアイルランド系の詩人と詩を統合する。ペンギン版もフェイバー版もこの概念に従っている。彼らはケルト文化とゲール語に属する同一民族なのである。ゆえにシェイマス・ヒーニーなど北アイルランド出身、あるいは在住のアイルランド系の詩人をイギリス詩人と呼ぼうがアイルランド詩人と呼ぼうが実はそれぞれの勝手であるわけではあるが、私はマイケル・ロングリーは文化上の区分けに従いアイルランドの詩人と呼ぶ。ちなみにシェイマス・ヒーニーはイギリスやアメリカの大学にも招かれているが、アイルランド共和国にも住んだ。逝去した地はダブリンであった。マイケル・ロングリーはベルファーストに今でも居住だが、ロンドンやニューヨークにも飛び、週末をアイルランド共和国のメイヨー州のキャリグスキーワーンで過ごす。

（３）

その状況の中、マイケル・ロングリーがアメリカのロマン主義系譜のロバート・フロストの詩（争闘がない大地主の農民詩）を「好きだ」と言ったのにはもう少し突っ込みが必要と思うし、ある意味ではかつての勇ましいテロ告発の詩を書いた詩人を知る者には詩集『雪水』でのエコ詩傾倒は哀れとの感を誘わないわけではない。だが「平和」、「和平」は勇ましい戦闘歴史ばかりに言及せずとも可能であろう。環境詩は今や日本でも注目のジャンルであるが、アイルランドでも盛んでありシェイマス・ヒーニーも書いている。その上申し上げるまでもなく、アイルランドの自然はこよなく美しい。一方、詩集『雪水』においてマイケル・ロングリーがみずから述べることは、その目的は現実逃避ではないとのことである。詩人は新たな「平和詩」を志向している。詩人はヒーニーほど「泥炭（peat）」、「沼地（bog）」を多用してはいない。その代わり自然へのより大いなる言及がある。アイルランド神話の代わりにヘクターへの言及がある。だがテーマはより普遍的な戦争と平和だ。その変遷はあるいはアイルランド共和国がユーロ同盟に参加の歴史的な変遷かもしれない。

メイヨー州の美しいアイルランドの自然を、花を、木々を、鳥を、動物たちを、湖、川、砂州、山々を徹底的に書くこと、それはやはりかつて彼らが主張したアイルランドの「土俗性」、「民俗性」の主張と同次元で繋がる。それはまた争闘を越えた彼らの理想の「地(トポス)」、あるいは理想の「ふるさと」への出発と確認としてある。失われたふるさとを自然詩で奪回する行為、我々はそう読むべきであろう。詩人はメイヨー州の自然の中にありノアの箱船のように生けとし生けるものがすべて争闘なく一緒の舟に共生することを願う。そしてその光が北をも覆い尽くすことを願う。

コマドリ　マイケル・ロングリー

コマドリが歌っている
山荘の煙突から
出発は意味する　通り抜けること
音のカーテンの中を
彼の　悲しみで痩せこけた
朝の別れの歌の

家の雑事が始まる　濡れた窓拭き
夜明けの明星のため　緑の孤独を纏う

空のコイン　朝のまなこ
へこんだバケツからばら撒く
さらさらの灰を　ヒースの荒野の草に
野草は春分と秋分に突然赤味がかった
炉端のそばに新聞を拡げる
黒ずんだ雹のために
私達は眠った
ホーホーと啼く白鳥の隣で
一晩中　木霊（こだま）し続け　うるさかった
雨模様の太陽のぎらつきが
今それを溶かしている
芝生の上の白鳥の影は
コマドリへの裏切り
白鳥の数を数えたい　でも
眩しすぎて見えない

朝まだき、コマドリのしきりの啼き声。それはオーベイド（恋人のきぬぎぬの別れの歌）と比喩される。そして朝の始まりは家の雑事の始まりだ。窓拭き。夜明けの明星（ヴィーナスの原語）のためと言及される。空のコインとのユーモア溢れる比喩。いまだ花咲かないヒースの草に灰を撒く。これは田舎に住んでいればやらねばならない仕事である。雹のために新聞を敷く。煙突からマントルピースを出て部屋に侵入するのであろう。煤に汚れるから黒ずむ。眠りは白鳥の甲高い鳴き声で一晩中妨げられた。朝の到来でやっと詩人は喧噪の声から解放されたい。そしてコマドリの歌を詩人はもっと聞きたい。白鳥よ、消えろ！だが何羽いるのか？　数えたいが太陽の光がまぶしくて数えられない。

詩人は平安を求めてやって来た山荘で自然との共生を求めてはいる。だが描かれる状況はやはり新たな自然、野生の生き物や天候や太陽との争闘なのではないだろうか？　コマドリのきぬぎぬの歌は雑多なざわめきや日常的な雑事で消されてしまう。これは詩人独自のユーモアかもしれない。だがユーモアであると仮定してもなお、アイルランドの詩人はやはりロマンティックなコマドリの朝の歌を歌いたくてもついそれを阻む日常性と争闘とを描いてしまうような気がする。理想とする自然との共生はこの詩の中では具現されない。だがその点にロングリーの詩の持ち味があるのではなかろうか？

コマドリはアイルランドばかりではなくかなり普遍的、世界的に取り上げられる詩の題材である。この点では詩はロビン（コマドリの意）・フッドを生んだイギリス系ロマン派系譜の自然詩の常套と言えば言える。だがその常套性そのものと逆の効果が私の興味を惹いた。詩人はコマドリによってロマンティックな春の歌を思い描いていたのかもしれない。だが結果は非ロマンティックなドタバタと相成った。白鳥の大群が押し寄せてきて、コマドリの歌は聞こえない。やはり詩人は葛藤を描く。だがそれは詩人の武器、ユーモアで味付けされる。

詩集中引用される北斎や雪見の茶、俳句の禅的境地は東洋的な平安を得ようとする必死の希求であるようにも思える。だが詩人がいくら禅的な平安、静寂の境地を求めようと詩人の白鳥は獰猛でうるさい。詩人はここでイェイツの詩に美しく描かれる「白鳥（レダ）」のカリカチュアを試みたのかもしれないが、少なくとも本詩は禅的な境地、あるいは永久の安堵からほど遠い。争闘の中の必死のユーモアが苦いが、一方ではやはり老いてもマイケル・ロングリーは健在だと嬉しい。「北の唄」はやはり一筋縄ではいかない。だが、ここで詩人は、アイロニーの形で、イェイツの白鳥を登場させ、一点のナショナリズムを試みたのか？

（初出「詩と創造」七二号　二〇一〇年秋季号）

第七章

（1）

以下は私の属している「湖笛」（発行人・林宏匡）というある短歌誌の二〇一〇年五月号でいわば巻頭作としてふと出会った作品である。樺太を主題としている点が特に私の注意を惹いた。樺太（サハリン）の詩は日本の現代詩の中ではそうたやすくは出会えないような気がするからである。

林霞舟の作品より

四時近きうすくらがりに往診の馬橇の迎へは鈴ならし来ぬ
国境をまはり来にける汽船（ふね）屋根に雪寒ざむとおきて入りきぬ
北へ向かふ汽船（ふね）沖にあり吹雪して荒涼として昏れゆかむとす

現在の「湖笛」の発行人である林宏匡氏は林靜峰氏（弟）とともに引用短歌の作者、林霞舟の息子である。いわば世襲というあまり新体詩の世界では聞かない行為も今、逆に私には新鮮と映った。ほのぼのとした家族愛。家族のきずな。引用の霞舟の樺太での仕事は医師であった。宏匡氏は長男であり、医師の職を引き継いでいる。歌誌「湖笛」の本拠は松江市である。関東からは遠いので東京周辺を含み関東支部があり、「湖風会」との名前で、東京の喫茶店で小さな歌会を開いてくださっている。お嬢さんたちも参加で家族そろって短歌になじんでおられることは拝見していて楽しい。ちなみに、弟である林静峰氏は英文学と英語にも精通しておられ、かつて千葉県の某大学でも教えていらした、御名の通り静かなハイカラ紳士である。林様御兄弟は日本歌人クラブの関係する日英バイリンガルの*INTERNATIONAL TANKA*（結城文さん編集者の一人）に発表してもおられる。

林宏匡氏か林静峰氏のどちらかから、いつか御自分たちが樺太からの引き揚げ者（その言葉をお使いになった）で内地に引き揚げた当初の困難の生活についてお聞きしたことがあった。終戦当時は内地の者も食糧難で皆生活は大変だったのでお聞きした当時はああそうかと思っただけだったのだが、樺太（サハリン）にかつて日本領があったことさえ知らない人々も増えている今、やはり故郷を捨てての引き揚げの「内地」生活の当初は、私たちいわゆる「戦争を知らない」若い者の想像を絶するとお察しする。また。林霞舟が医師であることと、歌集の名が『曙光』であることは私に斎藤茂吉と茂吉の有名な歌集『赤光』を思い出させた。両者の歌風から見ておそらくその類推は偶然ではないのかもしれないし、アララギ風に感情を抑えて淡々と描く叙景と叙情は医師としての冷静さと目の確かさであると思う。だが一方では霞舟の場合は厳寒の樺太にかつて生きた歌人の、生来の作風とも言えるのではなかろうか。

樺太（サハリン）は現在はロシア領である。だが周知の通りロシア（ソ連）との複雑な歴史を持つ。江戸時代には松前藩が経営にあたっており、一八〇七年幕府直轄地。一八五五年に日露和親条約で両国共有地となり明治政府のもとで一八七〇年樺太開拓使設置。一八七五年樺太・千島交換条約でロシア領。日露戦争後ポーツマス条約で北緯五十度以南が日本領となり日本政府は樺太庁を設置。石油、天然ガスなどの資源が豊富で一九四一年末には日本人移民は四十万人を超えた。第二次大戦終了の一九四五年に樺太庁は廃止、樺太はロシア領となった。引用の樺太の吹雪と馬橇の歌は霞舟本人ばかりではなく我々にも、失われた故郷へのはるかな思いと北の厳しい寒さの現実とを伝えてくれる。

安部公房の『けものたちは故郷をめざす』を始めとして、第二次大戦前後のかつての満州や大連などから、そこで生まれ育った者の内地への引き揚げ時のつらく苦しい体験も聞く。以下は私の夫側の叔母の言である――「満州では氷が星のように空中にキラキラ浮かんでいるの」、「私今でも中国語が聞きたくて太極拳習っているのよ」、「引き揚げて来たとき中国服一着しかなかった」、「ピアノが弾きたくてもピアノがなかった」―等々。「現代詩」が「戦後詩」との呼び名をも持ち、「獣たちは故郷をめざした」時点の記録が、近頃岡耕秋氏によってまとめられて発表となった経緯はいかにも嬉しい。御礼申し上げる。ところで

「故郷」とはどこか？　何か？　なぜ目指さねばならないのか？　国境が変わり、故郷が喪失し果て、居れば殺されたからである。それは同時に（「難民」として）今でも世界中で起こっている歴史の切れ端である。

「湖笛」二〇一〇年六月号は以下の霞舟の短歌を同じく巻頭に掲載している。

　引き揚げて訪ねし初夏の教授室精悍なりし先生の声

　除幕式待つ広前にさかりなる桔梗の花は伏せる姿に

　おしろいばな咲きそろひたる夕庭に女童にはかにいろめきてみゆ

　霞舟は内地（もはや「戦後」にはその呼び名はないが）での生活にもたくましい。引き揚げを歌うが花も歌う。それは貧困、食糧難など同じく様々な経験、苦難を経たのちにも生活の意志を精悍にも捨てなかった戦後の日本人のたくましさ、強さであるのかもしれない。それはまたアイルランド詩人にも通じる。彼らは極め付きの苦難にも耐え、生きて来た。アイリッシュビール（ギネス）は実に旨い。彼らとのパーティは楽しい。彼らは陽気だ。それは彼らのたくましさ、強さである。

（2）

マイケル・ロングリーの『雪水』に言及する前にもう一つのことを申し上げたい。他日、誰かから聞いたのであるが、パリでは夏にはからっぽになるという話であった。「からっぽ」というのは大袈裟ではあるが、すなわち夏にパリに居残る者は郊外、すなわち田園の避暑地に宿るすべのない貧乏人か、海外からの旅行者であるということであろう。中産階級以上の多くの人々は夏を田園（田舎）で過ごす。私がかつてアメリカに滞在したときもそうであった。夏には連絡を取りたくてもプロフェッサーは郊外の別荘地でテニスに明け暮れて応対してくれない。私たち家族がボストンで借りたアパートの大家は夏はロングアイランドへ行ってしまって連絡が付かなかった。スイスのレマン湖湖畔や地中海沿岸のニースやモナコは裕福な（暇の）ある人々の別荘地としてかつても今も現役で君臨している。彼らは都会の喧噪を離れて（避けて）田園と青い海とに帰る。行く、ではなく帰る？　それは彼らの仕事と休暇のバランスをどう解釈するかによる。マイケル・ロングリーが週末をメイヨー州の山荘（あずまや）で過ごすというのも、オリエントの隠者の隠遁生活をあるいは真似たのかもしれないが、その本筋はやはり紳士は夏あるいは週末を家族と別荘で過ごす西欧的慣習の系譜にあるような気がする。その慣習を詩人は新たに「エコ的生活」と洒落ているだけである。「田園へいざ帰りなん」というフレーズは日本では文学的な掛け声ではあるが、西欧ではまさに生活そのものの中に大昔から入り込んでいる。昔から貴族は、バイロン卿も含めて夏には田園に帰った。

「都会から田舎へ」のベクトルはパリばかりではない。だが、こう申し上げると日本の一部の詩人からクレームが付いてしまうのは、やはり日本、それも東京周辺に住む日本人は、西欧式生活を取り入れたつもりでいても、週末、あるいは夏の休暇をのびのびと田舎の風の中でテニスか散歩で過ごすという生活習慣が一般的ではないゆえであるような気がする。パリの住人から見れば都市の近代性に固執し田舎の風光を無視、あるいは知らないのは別荘、あるいはホテル代を払えない貧乏人でしかないのかもしれない。素朴な自然の風光のある田舎、田園に「戻る」ベクトルをいくら申し上げてもいまだ理解されない東京の詩壇にはあまり都会重視の近代主義、近代性は言わないほうが国際的には得策であると申し上げたい。別荘を持てない、あるいは夏、海外旅行のできない（夏も働かざるを得ない）貧乏人の戯言と思われるのがオチである。かつての芭蕉などの「旅」、宗祇などの「世捨て人」の反骨の生活、風光と花鳥風月への風狂の旅の伝統を、再び思い出し、奪回したら如何でしょうか？　奪回しようではありませんか？　盗まれるばかりが能ではありませんか！

　だが付け加える。西欧では、週末の山荘暮しは少なくとも夫婦で過ごすことが慣習である。『雪水』の詩集中にミセス・ロングリーの名はない。だが、私は、ロングリーと別れるときに、奥さんのメール・アドレスを渡された記憶がある。詩集中、しばしば現れる「君」は、女史であると私は理解したい。

（3）

アイルランドにおいてマイケル・ロングリーは早くも我々に先んじて、「いざ田園に帰りなん」の日本の先達詩人（世捨て、隠遁、自然との交流、旅）の本来の生活スタイルを奪回してくれている。そしてその自然との交流を時代の流れに応じて新たにエコロジー（環境学）という言葉で言い換えた。その生活スタイルを詩人に教えたのは、日本イェイツ協会などによる、アカデミックならびに文化的な次元でのアイルランドと日本とのたゆまない文化交流の成果であったかもしれないが、ともあれその成果は嬉しい。

『雪水』の詩を引用しよう。

とても遠くにいるから　ほとんどいないかのよう
でも　たくさんの啼き声が聞こえる

白雁の列が水平線を掠めていく
語ってくれ　わたしに　クランベリーの畑を　収穫の実は
溢れる水の上を漂い　深紅の拡がりとなると

思い出す　群を離れた一羽の白雁
薄汚い鵜鳥共の間にいた　ソルティ島*で
何十年も前　今日　わたしは数える
四万羽の白雁　君たちのために拾おう
はるか遠くから　一粒ずつ皆に　クランベリーの実を

* ソルティ島＝正確には諸島。ウエックス州にある。

この詩はロングリーの言ういわゆる「自然との共生」を素直に描いた詩としてあるだろう。引用は私たちの文化にもなつかしい雁との出会いであるからでもある。雁の群が遠く水地平線上を飛翔してゆく。詩人ははるか遠くから彼らを眺めている。巨大な空間の展望だ。だが詩人はクランベリーの実を連想する。豊かな赤い実の収穫、豊かな水。第二連では詩人はかつて見た一羽の孤独な白雁を思い出す。何十年も前のことであった。今日と呼ばれる日に、詩人は四万羽を見る。彼は彼らのためにクランベリーの実を拾うことを夢想する。白雁と（孤独な）詩人との心の交流が嬉しい。あるいはたった一人の孤独な老人を慰める四万羽の白雁の群が嬉しい。一羽一羽にそれぞれクランベリーの実を拾うわけだから詩人も大変だろうが、詩人のその鳥への心と愛の交流が理想と迫る。詩は五行を二連の構造である。

以上が引用詩「白雁」の一応の解釈であるが、本詩から私の個人的な解釈を付け加えたい。数十年前（五十年くらい前？）詩人が見た白雁はたった一羽の孤独な雁であった。今、雁は四万羽の多数である。若かったころの詩人の孤独と、今多数を数える詩人の歳月の積み重ね。だが、本詩中、詩人はおそらくは一人である。だが多数の雁がいる。雁は詩人と友達だ、だから詩人はクランベリーの赤い実を彼らのために拾おう、そして共に生きようとする。

詩集『雪水』のもう一つの主題は「老い」である。もう若くはない詩人は、かつて都会の中で孤独な若いアイルランド詩人として生きた過去を振り返り、そのかつての孤独を埋めるような多数の雁の群の飛翔を再び眺める。わがオリエント文化では若いときの雁は多数で老いた今の雁は一羽という常套ではないか？　だがその逆の対比がまた私の興味を惹き付けた。詩人は一人である。夫人と二人であるとしても、老いは孤独である。雁が一羽であれ多数であれ、それはいずれにしろ「老い」の孤独を表現する同じ手段にすぎない。一羽の孤独。一人であるゆえに、より多数の雁を想定する孤独。

若いときに詩人が対峙した、北の寒さと故郷の喪失感は消えるはずはない。詩人は週末はアイルランド共和国に住むが、いまだ難民の身でも引き揚げ者の身分でもない。だが領土喪失の哀感と葛藤は同じく老いてもなお今、保持しているはずだ。詩人は南（アイルランド共和国）の自然の中で老いを迎えつつ精悍に生きようと願う。自然とともに。だがウィークデイには詩人はベルファースト、すなわち「北」の都会の喧噪の中で過ごす。孤独を味わう暇などないのだろうが、詩人の執拗な理想の故郷ハンティングは都会の喧噪に消される。

もう一篇引用したい。

到来

デヴィッドが白漆喰の山荘を持っていて
門柱が一瞬遠くに去ってしまったみたい
大声で啼く白鳥たちの到来　突然の投石
君は眠りもしないで　白いパジャマを着て
双眼鏡で数えている　今日は何日だ

この十月の？　そして一体何羽いるのだ？

うるさい白鳥の到来は迷惑でもある。共生も楽ではない。だが、これも、W・B・イェイツの白鳥への、ロングリー独自のアイロニーをこめた回帰思考ではないのか？　だが、この詩はもう一つの視点を我々に提出している。白いパジャマを着て双眼鏡で数えている「君」の存在である。奥さん、ミセス・ロングリーであろう。二人は十月の白鳥の到来を二人で経験する。双眼鏡の使用は鳥の愛好家を示すだろう。

（初出「詩と創造」七三号　二〇一〇年冬季号）

第八章　――T・S・エリオット「伝統と個人の才能」再考

アイルランドの現代詩に見る特色、あるいはわれわれが見習うべき点は、詩の出発点であり帰点となる「トポス（場所）」の選択が明確に意識されていることであり、文学の伝統が自国（自分のトポス）の伝統として、明確に系統づけられていることである。

W・B・イェイツは英文学に属しつつも明確に母国アイルランドの文学の伝統を意識してその継承を望んだ。彼の活動はT・S・エリオットとほぼ同期である。またシェイマス・ヒーニーはエッセイの中で明確に、欧州連合へのアイルランド参加を意識してエリオットの伝統論を引用、論の基盤として発展させている。ヒーニーはまた同時にイェイツの伝統の中で生き、アイルランドというトポスの明確な把握、認識、歴史意識によって、イェイツの後継者となることを明言している。アイルランドの女流詩人であるイーヴァン・ボーランドも同じである。彼女はイェイツの伝統の中で男性詩人とともに歩みつつアイルランドの歴史に寄与する新しいフェミニズムを志向する。それはマイケル・ロングリーも同じである。ロングリーは環境学という流行のテーマを掲げながら、「北」が暗黒から抜け出してアイルランド全体に新たな光明が訪れることを願う。彼が夢見る自然はやはり究極的にはイェイツの描いたアイルランドの自然だ。きわめて美しい自然、万物共生の理想のトポス。彼にあってはイェイツから引き継いだ白鳥との戦いはいまだ終わってはいない。

ロングリーが『雪水』の中で、あるいはアイルランドの現代詩人が日本の洒落た雪見の茶会や北斎、東洋の隠者文化、芭蕉の俳句などに言及していることは嬉しい。だがそれはまたやはり日本の能を『鷹の井戸にて』、『骨の夢』などで翻案してアイルランド演劇の再生に寄与したイェイツの系譜、伝統の中にあるだろう。私が伝統意識、歴史意識を日本の詩人に改めて提案、要求する経緯は、ロングリー、ヒーニーたちアイルランド現代詩人の「伝統」継承の歴史意識を新たに確認したためであるかもしれない。かつてイェイツにあっては東方の国、日本の「高貴な劇」―能楽はアイルランドの窮状を救い得る輝かしい文化であった。一方では、日本がそのようなアイルランドからの握手に応じない失礼は避けるべきではないか？

だが、ついでながら付け加えたい。シェイマス・ヒーニーのエッセイの多くはアイルランドの詩人を論じている。彼は伝統論に彼自身のトポスを見失ってはいない。それはエリオットの評論の多くがイギリス詩、文学に集中していることと呼応する。ヒーニーがエリオットにとってのイギリスというトポスをダイナミックにアイルランドのトポスに転換したことに注目すべきである。そして両者とも、ダイナミックに欧州連合というより広いトポスを詩作活動に包括した。ヒーニーはエリオットからダンテを受容し、またヴェルギリウスなどのギリシア・ローマの古典文学を受容している。だが、それは、あくまでアイルランドの歴史と伝統を背負ったアイルランド詩人としてのアイデンティティを貫き通すことによっての受容である。多様なトポスと多様な個人、多様な地域性（土着性）と歴史を、結果として多様な葛藤を包括しつつ進行する現在のあり方は、今後日本の詩人にとって貴重な挑戦、課題となり続けるだろう。ロングリーの『雪水』に限れば、詩集の中で表明されるオリエンタル性は欧州の詩人たちの歴史的な一般的な志向とも提携する貴重な国際性でもある。さらに、他方ではＩＴ技術やサイエンス分野を含んで現在、韓国と中国の目覚ましい発展がある。

私たち本物のオリエンタル詩人はそれをいかに受け止めるか？　受け止めないで時代遅れの狭さに留まるのか？　そして。そのエリオット以後のエリオットの受容を、いかにダイナミックに現在の日本と日本を取り巻く国際的な状況に受容しプラスさせるか？　国際性とは日本のトポスと伝統と歴史意識を放棄することではない。逆だ。「失われた世代」はもう古い。日本の若い詩人の立ち上がりを期待したい。日本の現代詩に欠けるもの、それは伝統意識と地域性と日本の古典文学遺産への視野ではなかったか？　新しさではなく「古さ」を奪回し、捨てられたゴミをリサイクル使用する伝統意識は、戦後の日本のエリオット解釈と実践志向に欠けた。不在であった。

一人のアメリカ出身の詩人が祖先の地である欧州に帰って夢見たものは、戦争によってガレキと化したその地の、栄光のトポスと伝統の再建であった。今、世界の詩人たちは懸命に自分達の理想の伝統と秩序を追い求めている、俗に「ジャポニズム」と呼ばれる、オリエンタリズムをも含めて。さて、我々は如何に？

第九章

影たち　　マイケル・ロングリー

I

平らな石の平たい円形　作者不明
墓標　墳墓の追悼碑
死者は風景の中で宙づり
ぎざぎざ頭は天を突き　風に揺るがない

高潮に乗って　アララン岬の彼方へと
君と私がきのう泳いだように
今　中空でへマ泳ぎ
岩の池とサムファイア草の畝の間で

II

七匹の野ウサギが私と君のまわりをぐるぐる
（私たちは数えた　二人で遊びながら）
隠者のシギから　そう遠くはないところ

カワウソを見るのは久しぶりだ
（今日　一匹鳴くのを聞いたけれども）
トンボとシラスウナギとの間に　二つの影

マイケル・ロングリーは詩集『雪水』に関連して環境学の応用詩論を発表している。彼は「南の風光が北の暗黒を圧倒して」、「ノアの箱船のように万物が共生する」理想郷を夢見る。『雪水』（二〇〇四年）は結果としてキャリグスキーワーンとアララン岬周辺の動物と植物と風景（地形）の称賛に満ちている。オンパレードである。だが訳者から一言。海外詩の中で動物と植物と地形の名前を日本語に訳すのは環境詩にかかわらずいつも苦慮する。日本には棲息分布してはいない種類も多く、読者に一定の動物なり植物なりのイメージが明確に伝達できないからである。たとえばネズミをリスと置き換える技もかつて実験したことがあるが、「環境学」と言われればそう簡単に翻案するわけにはいかない。結局辞書に記載の訳語をそのまま使用することが多いが、名前だけではどういう形か姿か伝達できずに訳者としては無責任との後ろめたさも伴う（時間があったら読者にはインターネットでサーチいただきたい）。これは一般にいわゆる「環境詩」を書く場合、訳す場合に生じる問題と思うが、この点を日本の詩人にも留意していただきたいと思う。今度は逆に英語には訳すこと多難な場合もあり得るからである。だが、その「他国語には訳せない」土着の種類こそ翻訳すべき、あるいは翻訳したいとの逆説もある。環境学の分野においては、動植物の学名として国際的に共通のラテン語名が使用されている。ただ詩人はどの国においてもラテン語名は使用していない。自国語での表記が一般的である。

本詩の中で、アイルランドの地域性、固有性は当然、地名と地勢、そして遺跡である墳墓である。地名は詩人が週末を過ごすキャリグスキーワーンとアララン岬である。地勢では夫妻が泳いだ岬彼方に拡がる海があり、広大な海浜に拡がる岩池がある。一方、詩の中で言及の動植物はキャリグスキーワーンの周辺地域の固有ではない。そこに生息、繁茂しているが他所にも生息する。この点を留意されたい。ゆえに、動植物を扱う環境詩の形式では一定地域の地域性を狙うことはかなり無理がある。だがその普遍性もまたロングリーの当詩集における狙いの一つでもあるわけである。詩人は当地の光がアイルランド全土、そして世界中に及ぶことを祈願している。次には一応、本詩の中の動植物の辞書中の説明を併記する。

＊サムファイア草——水域に関連する場所で自生する多肉植物、耐塩性植物。厚岸草ともいう。海岸の岩の割れ目などに生える。
＊野ウサギ——ノウサギ属の総称。言うまでもなくウサギ種は世界中に生息してしかも多種。
＊シギ——シギ科タシギ属またはコシギ属のシギの総称。ユーラシアおよび北米産。沼地に生息する。
＊カワウソ——（1）カワウソ属およびこれと類縁のイタチ科に属する水生哺乳動物。（2）ラッコ。
＊トンボ——もちろん多種ある。
＊シラスウナギ——ウナギの幼魚。特に幼生レプトセファルスの変態後、海から川を上るもの。

また、ロングリーは環境学に言及するが、世界の詩に自然や動植物を扱った詩は多い。ジョン・モンタギューやシェイマス・ヒーニーなどの他の現代アイルランド詩人も、そしてD・H・ロレンスは言うまでもなくテッド・ヒューズなどイギリス詩人にも、ロバート・フロスト、ウィリアム・スタフォード、ゲイリー・スナイダーなどアメリカ詩人にも動植物をテーマとした詩は多い。デニーズ・レバトフの自然詩は環境詩のはしりである。ゆえに、ロングリーの当詩集におけるエコ宣伝は詩人が自負するほどユニークではない。自然へ帰れと多くの自然詩を生み出したのはロマン派であり、伝統的な日本の俳句である。日本の俳句は、そのテーマの中核は「自然」であると海外では理解され称賛されている。ゆえに、ことさらに今「環境詩」、「自然詩」と気張る必要はないのではないかとも考えるが、環境学に茶道という東洋趣味＝禅的な平安をプラスさせたところに詩集『雪水』の現代的な意味があるだろう。すなわちロングリーは俳句の極意と環境学とを交差させた。これは今、世界的な前衛、着目のジャンルとしてある。言い換えれば、ロングリーは俳句の極意を環境学と置き換えて理解した。

詩集中、技法上ではロングリーは三行連、四行連などスタンザの行数にこだわる。しかも短詩が多い。これは特色として明記したい。一方、実は俳句、俳句的短詩の持つ自然のテーマへの回帰、これは現代アイルランド詩の新たな主潮流であるとともに今、世界的な「前衛、流行」と化している（化しつつある）ことも、今までにいくつかの国際詩会に参加、見聞できた幸運な日本人の一人として日本の詩人に伝えたい。地震、津波という自然の脅威を描く、日本人の書く俳句、短歌は本年（二〇一一年）、国際詩祭で人気であった。本詩はだが、まず「影」（原文では複数）という題で、次いで墳墓（土まんじゅう）、宙づり死体という奇妙なイメージで私の興味を誘った。私の出会った詩人の現実のお人柄はやさしく、おだやかとの印象もある。またそのような評判もある。だが、日本の俳句に見る自然のやさしさとおだやかさとは一見異なる、墳墓と宙づり死体の詩語は、突然に表出する、アイルランドの地域性と死のイメージの奇妙さにおいて面白い。これは日本の普通一般の俳句にはない。だがこちらの方も日本の俳句に新たに組み入れたら面白いのではないか？　日本とアイルランドの東西文化の交流である。日本にも韓国にも墳墓も石舞台（ストーンヘンジ）もある。ヤマトの詩歌にも入れ込んだらどうか？

こう申し上げるのは、二〇一一年三月に始まる東日本の津波、地震被害と続く原発被害は、俳句に見る日本の伝統的な自然観、禅的な理想としてあるおだやかでやさしい自然という意識定型を見事に破壊、ひっくり返した。日本にあっては「おだやかな自然」はむしろ理想にすぎず、厳しくすさまじく荒れ狂う自然こそが日本の土着の自然の現実の姿であり、その理想と現実を取り違えていたのではないか？　という反省がある。自然、その横暴さ、恐ろしさ、無慈悲さ、残酷さを、死の奇妙さ、恐ろしさも含めて日本人は忘れていた結果でもあったのではないか？　引き続き日本列島を襲った荒れる暴風雨、台風。そして再び多大な被害、その横暴な自然の方が私たちの日常的な現実、真実であり、禅的な理想である平安、おだやかな自然はむしろ夢、あるいは理想にすぎなかったのではなかろうか？　激しい雨風の中で山岳を登りみずからを鍛錬し修行したかつての仏教僧、山岳宗教の厳しさはそもそも日本の宗教と文化にあったはずだ。日本人はそれを忘れ果てていたのではなかったか？　異形の死体は、私たちにとっても、とくに東日本大震災以降はむしろ現実と化した。
　アラン島の自然は冷たく厳しいはずだ。シングはアイルランドの自然をやさしくおだやかな自然とたたかを括ってはいない。むしろ、荒波と冷たい海風との闘いが、アラン島の民衆の生活、現実であると言っている。現代アイルランド詩人であるマイケル・ロングリーにとっては、その厳しい自然はむしろ意識の底に潜む当然の自然意識としてあり、その認識の上で必死に、日本の俳句に書かれるような「おだやかな自然」を理想として追い求めているのではないか？　ロングリーには悪いが、日本の津波被害の経験も含めて、世界に敷衍するやさしくておだやかな自然、光という詩人の理想、それは現実を外れた無駄な夢にすぎないのではないかとの印象を、今、私は拭い切れない。本詩冒頭は以下のロングリーの詩をまず私に思い起こさせた。

キリストの歯は彼と共に天国へ昇った
臼歯にあいた穴を
風がひゅうひゅうと通り過ぎた
キリストは永遠に磔にされた冬の空に
むき出しの犬歯を縛り付けられて

（水崎野里子訳「リネン工員」より）

だが。『雪水』に見るロングリーのやさしい性格を思わせるやさしい自然の希求と、突出するロングリーの往年のテロの詩を思わせる死と奇妙さのイメージは、ロングリーならではの人間的な相剋、矛盾としてそのまま私たちに迫って来る。「老い」をも交えたその相剋、矛盾こそまさに当詩集の真価であり、そしてそれは日本の津波、原発被害に驚愕し支援の手を次々と差し伸べてくれた、アイルランドも含む世界に対して、日本を含めた世界各国の自然詩、俳句に新たな挑戦を提示しているのではなかろうか？　そして。アイルランドの現況は永遠に二者（やさしい自然と荒れた自然）の相剋と矛盾であり続けるだろうとの予見がある。詩人は実は激しく闘っている。老いてもなお。その軌跡を今見ることは嬉しい。おだやかな自然の理想を求めてひたすらに詩人は闘う。あらがい続ける。たとえそれがむなしい夢、哀れとさえ他者に思わせるむなしい努力にすぎないとしても、である。

詩は「影」をタイトルとする。影たち、と原語では複数である。それは詩人と詩人の奥さんの二つの影であると私は解釈する。それはトンボとシラスウナギの間に落ちる。川水とともに揺らぐ。二人の揺らぐ影。それは自然との合体であり、自然の中に揺らぐ人間的な属性である。一瞬にきらめくやさしい自然と、河岸に佇みウナギの幼魚とトンボを眺める人間の夫婦との出会い、共生で詩は終わる。やさしい自然の中に詩人は老いてもいまだ喪失していない、夫妻二人の共生の夢を描き込む。だがそれも理想としてあり、現実ではない。現実――それは二人の老いの孤独である。二人の異形の死の予期である。

ともあれ、詩集『雪水』で描かれる理想と現実を巡る詩人の葛藤は詩と化す。老いたリア王は嵐に怒号する。ロングリーのやさしさは怒号を知りつつも懸命に押さえつつ理想を求め続ける。だがそれは怒号と裏腹のやさしさである。アラン島の厳しい自然がアイルランド島を覆う自然の本質、現実である。詩人はそれを知りつつも禅的な究極の平安、空(くう)を、共生をいたずらに夢見る。ロングリーはそれを皮肉(アイロニー)と呼ぶ。

（未発表）

マイケル・ロングリー『雪水』に見るやさしい自然の表裏――共生と葛藤

マイケル・ロングリー『雪水』は、詩集刊行の二〇〇四年当時の詩人を囲む生活状況がいくつか同時に読み取れる詩集である。詩集とは別に詩人はインターネットでウイックロー周辺の美しい自然の賛美を語り、環境学的な人間と自然との共生を讃美、主張していた。そして本詩集はもう一つ礎石となるテーマを宿す。詩集の題で示される「雪水」と雪菓子、一人の雪見の茶会などの日本を含む東洋文化への言及と応用である。そこに理想と見る自然は一見、やさしい。

私たちが「やさしい自然」というとき、私たちは詩人とともに生きとし生けるものがすべて何ごともなく共生し得る「ノアの箱舟」を想定するであろう。さらに禅文化が語る自然との一体の境地である。特筆すべきことは、アイルランド詩人、マイケル・ロングリーの乞い願うやさしい理想の自然とは、もはや暗黒の葛藤が何もない、「北」の暗黒が「南」

の光溢れる緑によって覆い尽くされ、国境が失せる、究極の「やさしい自然」の到来を理想としていることである。その政治的な環境課題の中でそれぞれの詩が語ることは、具体的には詩人が週末を過ごす山荘の周囲の自然環境（メイヨー州にある）の中で暮らす毎日の生活、いろいろな日常的な出来事や出会い、そして鳥や動物やメイヨー州の海岸地方の地形との関わりであり、その経緯の中で詩人の人間的な反応と応答が人間的な属性として語られていく。些細な心配ややさしさや思い遣り、小さな怒りや不満、美の感嘆などが「箱舟」の中で共に共生し合い詩人の生活として流れて行く。だが、究極的にそこに私たちが見てしまうものは詩人の孤独な「老い」の姿であり、鳥や動物に友を求めつつもなにかしらの葛藤を持ってしまう、「共生」にはいまだ届かない詩人の生活である。それを詩人は必死のユーモアで受け入れる。

周囲の小さな生き物を愛そうとする詩人のやさしさは理想と迫る。自然の中で孤独な詩人は新たに東洋的な自然との対峙を試みる。禅的な境地で暗黒の葛藤を超越しようとする。だが一方、いかに詩人が雪水で美味なる理想の茶を淹れ、雪を見ながら孤独を楽しみ禅的な境地に辿り着こうとしても、詩人の生活には日常の中でのなんらかの葛藤は失せない。東洋的な仙人は詩人と読者の理想の中でのみ生きる。理想の箱舟の自然との共生は次々と裏切られて行き、孤独と葛藤が詩人の現実を襲う。その葛藤の中で読者は一九六〇年代のロングリーの果敢なテロ告発詩を思い出す。「老い」は詩人が掲げた環境学的なテーマよりもむしろ雄弁に人間の自然の意味を訴える。老い。だが、その陰に「異形の死」がある。詩集中「影」と題された詩の中で、墳墓の上、死者は中空にぶら下がる。テロで殺された死者の比喩である。それはかつてのロングリーの詩「リネン工員」（本書二三六頁参照）の臼歯を縛り付けられて冬の空に磔になったキリストのイメージと交差する。この二つの詩を結ぶ異形の死のイメージはロングリーのむしろ本質的な持ち味であろう。

影たち

マイケル・ロングリー

Ⅰ

平らな石の平たい円形　作者不明
墓標　墳墓の追悼碑
死者は風景の中で宙づり
ぎざぎざ頭は天を突き　風に揺るがない

高潮に乗って アララン岬の彼方へと
君と私がきのう泳いだように
今　中空でヘマ泳ぎ

岩の池とサムファイア草の畝の間で

Shadows

I

A flat circle of the flat stones, anonymous
Headstones commemorating the burial mound,
The dead suspended in the scenery
At head height roughly, unmoved by the wind:

Just as you and I swimming yesterday
At high tide beyond Allaran Point, now
Would be floundering in mid-air
Between that rock pool and the samphire ridge.

シェイクスピアの『リア王』の中、嵐と強風の中で老いた裸のリアは天に怒号する。ロングリーの詩は淡々と書かれており怒号はしない。だが詩人は怒号したかったのではないだろうか？　老いてなおやさしくない自然に、北の暗黒がいまだ生きている自然に、そして南の緑光溢れる自然に、詩人はむしろ怒れと怒号したかったのではないか？　ロングリーのやさしさは人間の理想としてである。だが暗黒から聞こえて来るロングリーの本音、老いた怒号は人間の、神に対する、人間の尊厳としてあるのではなかろうか？　老いてなお、ロングリーはノアの箱舟の理想の共生を見ない。墳墓の上の中空にぶら下がる異形の死を老いた詩人は怒号し続ける。共生の箱舟を妨げる過酷で暗黒の自然に、異形の死に、詩人は怒号し続ける。「雪水」はヨブの聖水となる。

異形の死への告発と無慈悲な自然への怒号は、二〇一一年三月十一日以降の東日本大震災を経験した今日の日本の状況とも重なる。私は重ねることを意図した。やさしい自然か過酷な自然か？　私なりのかなりの苦闘の結論であったが、発表現場でのフロアからの質疑応答に感謝したい。

自然は過酷で残酷である。

Noriko Mizusaki : Curse Against The Harsh Nature and The Dead Suspended: A Review On *Snow Water* by Michael Longley

（二〇一一年イェイツ協会第四七回発表要旨　於江戸川大学）

あとがき

幸か不幸か、新型コロナウイルス感染の外出自粛、ついで外出禁止の声明が出た二〇二〇年四月末から五月初めにかけてのゴールデンウィークの最終日、五月六日に初校が届いた。参加を予定いただいていた日本詩人クラブの三月例会はキャンセル（順延）となり、他イベントや前もって購入しておいた東京地区の芝居やオペラの上演もすべてキャンセルとなった。結果として自宅自閉の憂鬱は校正の多忙でまぎれることになったが、一方ではつけっぱなしのテレビから次々と報告される世界中のコロナ感染のニュースを聞きながらの仕事であり、医療崩壊の事態やＰＣＲ検査、抗体検査など耳慣れない用語を耳にしつつ、自分はまだ自宅で仕事が出来る平熱であることを毎朝検温して確認しつつの校正仕事であった。ときにはいくつかの効きそうな薬の言及に喜び、毎日各国で感染者と亡くなった方のグラフの上下に一喜一憂し、クラスターの発生を予防するために閉店、閉業せざるをえなくなった店舗や企業には大変だな、と同情した。そこで発見したこと。物書きは自分がコロナにかからない限り時間はあり仕事が出来るということである。コロナについては川柳や俳句、短歌も含めてだいぶ書いた。転んでもただでは起きないことが物書きの再認識の極意である。だが、ここに無事にあとがきが書ける経緯となったことは、自分のことだけを考えてとお叱りを受けそうであるが、ひそかな喜びとしてある。

だいぶ書いたな、という驚きに似た感想が、反省とともに校正の仕事に伴った。皆様、だいぶうるさくて申し訳ございませんでした。同時に、だいぶ書かせていただいたな、とは感謝としてあった。本エッセイ集に関しては、まず詩誌「ＰＯ」、「詩人会議」、「秋桜」、そして「詩と創造」に、心より御礼申し上げたい。「吉祥寺物語」はほとんどが「ＰＯ」に掲載させていただいた。また、本書中のマイケル・ロングリーについてのエッセイは「詩と創造」に連載させていただいたエッセイであり、総じてだいぶ大枚の分量になった。「詩と創造」はロングリー以前にはシェイマス・ヒーニーについてのエッセイ（これはロングリーよりもだいぶ長い）を掲載させていただいており、二件の掲載期間の長さと、アイルランドの現代詩、それもマイノリティの視点からという、当時としてはだいぶユニークであったエッセイを、それも毎回だいぶ長いエッセイの掲載をお許しいただいた「詩と創造」編集部と丸地守様のお心の広さに、今、改めて感謝申し上げたい（だが、発表時期のずれもあり、かなり修正・加筆したことはお許しいただきたい)。「詩人会議」の秋村宏編集長には電話で原稿を指示いただいた。シェイマス・ヒーニーとイーヴァン・ボーランドのエッセイを書けというお言葉には、正直言って驚いた。「詩人会議」の会員のために、ということであったが、二人について改めて発表の機会を与えて下さったことに厚く御礼申し上げたい。大阪でお目にかかった「秋桜」の志田静枝様とは、韓国についての御理解と、お友達がいらっしゃるとのことで、なによりも嬉しいが、長崎のお生まれでもあり、七夕祭や舟に乗ってのお嫁入りの土俗エッセイも印象的であり、今回のご縁となった。

一方、新型コロナ感染関連ニュースと死の恐怖が私にもたらしたものは、かつて二〇一一年に東日本を襲った地震と津波、そして原発破壊の恐怖との連想であった。過酷な自然と、人間のその自然との永遠の闘いであった。今、十年前に書いたマイケル・ロングリーの『雪水』の評論を含めた私のエッセイ集の出版は、特に校正、修正の形でのロングリーの「自然」との対峙には、企画当初は特に何も考えてはいなかったのだが、今、ただの偶然ではないなにものかを私に示唆し始めている。

新型コロナウイルスは、本質的な我々人間の社会性、人間性を分断した。旅を禁じたばかりか、仲間と話し合い、一緒に食事をする自由さえも断ち切った。そして「家族」という、人間関係の最少の単位の小島に、我々を置き去りにした。今、それも家族感染という名前の下で、分断されつつある。
『リア王』の中でグロスターがいみじくも述べるように、我々人間は神々に翻弄される虫けらにすぎないのか？　だが、カミュが『ペスト』の中で述べたように、ペスト蔓延の状況の中で人間の無力さを認めつつもせめて闘う姿勢を取ることが、我々人間に与えられた最後の課題でもあった。言い換えれば、人間の社会性の分断と、テレワークという最新のＩＴ技術が我々に残した最後の人間集団は、共に守るべき「家族」という名の人間集団であり、家族を持たない孤独な老人の孤独死であった。

最後になるが、本書の出版を承諾いただいた、土曜美術社出版販売の高木祐子社主にも御礼申し上げたい。いつもながらのご指示とお励ましのお言葉をいただいた。また、私が今までにお世話になった、そして今、お世話にならせていただいている他の詩誌の編集者の方々や詩人の方々、ご自分の詩集を贈ってくださったり、私の出版した詩集やエッセイ集に毎度ご丁寧な励ましのお葉書をくださる全国の詩人の方々など、すべてまとめて御礼申し上げる。皆様、今後ともよろしくお願い申し上げます。

二〇二〇年秋吉日

水崎野里子

著者略歴

水崎野里子（みずさき・のりこ）

一九四九年十二月三日、東京に生まれる。

評　　論『［新］詩論・エッセー文庫4　英米の詩・日本の詩』（土曜美術社出版販売）、『多元文化の実践詩考（2000-2008）』（コールサック社）、『詩と文学の未来へ向けて—水崎野里子エッセイ集 1995～2016』（土曜美術社出版販売）。

翻訳詩集『現代英米詩集』、『現代アイルランド詩集』（土曜美術社出版販売）、『シェイマス・ヒーニーの詩と語り／土の力・父の力』（日本国際詩人協会）、『イーヴァン・ボーランド／暴力の時代の中で』（ブックウェイ）。

詩　　集『アジアの風』（土曜美術社出版販売）、『嵐が丘より』（土曜美術社出版販売）、『ゴヤの絵の前で』（コールサック社）、『火祭り』（竹林館）、新・日本現代詩文庫138『水崎野里子詩集』（土曜美術社出版販売）。

歌　　集『長き夜』（LD書房）、『恋歌』（竹林館）。

賞　　歴　第24回世界詩人会議カリフォルニア大会・優秀詩人賞、マイケル・マドフスダン金賞（インド・コルカタ）、日中韓平和文化功労賞（BESETO・日中韓三都市市長会議）。

所　　属　日本詩人クラブ、日本現代詩人会、日本文藝家協会、日本ペンクラブ、千葉県詩人クラブ、United Poets Laureate International 副会長。日英バイリンガル詩誌「パンドラ」主宰。日本イェイツ協会、日本アイルランド協会。

〔新〕詩論・エッセイ文庫　11
家族の肖像

発　行　二〇二〇年十月五日

著　者　水崎野里子
装　丁　高島鯉水子
発行者　高木祐子
発行所　土曜美術社出版販売
〒162-0813　東京都新宿区東五軒町三―一〇
電　話　〇三―五二二九―〇七三〇
FAX　〇三―五二二九―〇七三二
振　替　〇〇一六〇―九―七五六九〇九
印刷・製本　モリモト印刷
ISBN978-4-8120-2590-1　C0195